AFRIKA WUNDERHORN

Reihe für zeitgenössische afrikanische Literatur
Herausgegeben von Indra Wussow

Das Writers-in-Exile-Programm des PEN Deutschland wird unterstützt von:

PEN Zentrum Deutschland

Die Beauftragte der Bundesregierung für Kultur und Medien

Rohrbacher Straße 18, D-69115 Heidelberg
www.wunderhorn.de

Gestaltung & Satz: philotypen/Dortmund
Druck: NINO Druck GmbH, Neustadt/Weinstraße
ISBN: 978-3-88423-727-4

FSC www.fsc.org
MIX
Papier | Fördert gute Waldnutzung
FSC® C006655

STELLA NYANZI

IM MUNDEXIL

GEDICHTE VON JENSEITS DER GRENZE

ÜBERSETZT AUS DEM ENGLISCHEN VON MATTHIAS GÖRITZ

AFRIKAWUNDERHORN

© privat

Widmung

Ich widme diese Gedichte allen, die gezwungen wurden, auf der Suche nach Freiheit ihr zu Hause zu verlassen und über nationale Grenzen hinweg zu fliehen. Ob jemand von einer amtierenden Diktatur verbannt wurde, vor zeitweiliger Verfolgung durch staatliche Stellen geflohen, von beißender Armut vertrieben auf der Suche nach einem besseren Leben im Ausland war, unmenschlicher Ausgrenzung wegen seiner geschlechtlichen Identität oder sexuellen Orientierung ausgesetzt oder der ständig strafbewehrten Unterdrückung seiner abweichenden Meinungen angewidert war – meine Gedichte sind im Herzen für alle Exilanten geschrieben.

Das Exil sorgt dafür, dass wir trotz aller Widrigkeiten weiteratmen!

Danksagung

Ich danke dem Writers-in-Exile-Programm des PEN Deutschland dafür, dass es die sichere Evakuierung meiner drei Kinder im Teenageralter und mir von Uganda nach Deutschland am 17. Januar 2022 ermöglichte, uns eine Unterkunft in Bayern zur Verfügung stellte und uns ein großzügiges monatliches Stipendium gewährte. Das Jahr 2023 habe ich damit verbracht, neue Gedichte zu schreiben und meine älteren Gedichte zum Thema EXIL zu sammeln. So war es mir möglich, dieses Buch zur Veröffentlichung in Uganda und Deutschland einzureichen.

Das Buch wird gleichzeitig in Uganda und Deutschland veröffentlicht. Mein deutscher Gastgeber, das Writers-in-Exile-Programm des PEN-Zentrums Deutschland, finanzierte großzügig die Übersetzung des Manuskripts aus dem Englischen ins Deutsche und vermittelte mich an den Verlag Das Wunderhorn, der die deutsche Fassung des Buches veröffentlicht.

Gedicht 1

Eine Schriftstellerin mit Kindern im Exil

Vorm Einsteigen ins ägyptische Flugzeug,
das mich auf metallenen Flügeln in Freiheit bringt,
Löste ich den Fluch einer jeden gesunden Mutter:
Ich habe meine Kinder dem Gift des Diktators entrissen.
Trotz aller Anschuldigungen, ich sei verrückt,
Habe auf geradezu unglaubliche Weise meine Kinder gerettet.
Für mich gibt es keine Freiheit ...
Keine Freiheit ohne meine Kinder.
Und so kam ich ins Exil,
Meine drei Kinder im Arm.
Die Verlockung der Freiheit allein hätte mich nicht verführt,
Ohne meine Kinder wäre alles düster geworden.
Was ist eine Löwin ohne ihre zahnlosen Jungen?
Was ist Freiheit, wenn die Scham der Mutterschaft sticht?
Wonach würde Freiheit denn schmecken,
Von ständiger ängstlicher Sehnsucht heimgesucht?
Nach der Angst, meine Söhne würden dem Tyrannen dienen?
Nach der Angst, meine Söhne würden die Nichten meiner
Kerkermeister schwängern?
Nach der Angst, meine Tochter würde auf die Unterdrücker
hereinfallen?
Nach der Angst, meine Tochter würde sich diesen Schindern
anschließen?
Nach der Angst, meine Kinder würden entführt und zerstückelt?
Nach der Angst, sie würden ihre Körperteile zum Tausch mit mir
verwenden?
Nach der Angst vor dem anklagenden Blick in den Erwachsenaugen
meiner Kinder?

Nach der Angst, als Mutter während meiner Zeit im Exil völlig
versagt zu haben?
Was ist meine Freiheit ohne die Freiheit meiner Kinder?
Und so packte ich zuerst meine drei noch unselbständigen Kinder ein,
Bevor ich mich selbst ins Flugzeug, ins Exil setzte.
Ich beschloss, dass ihre Sicherheit für mich an erster Stelle steht.
Ach, was bin ich für eine verrückte Schriftstellerin mit Kindern
im Exil.

Gedicht 2

Exil: Ein Gedicht der Hoffnung

Exil – weg von zu Hause!
Flucht vor politischer Verfolgung,
Flucht mit einer Tasche mit nur dem Nötigsten,
Flucht mit meinen Kindern auf dem Rücken.
Meine Söhne auf beiden Schultern
Meine Tochter auf dem Rücken.
Auf der Flucht vor Mördern,
Auf der Flucht vor Entführern,
Auf der Flucht vor denjenigen, die Frauen und Männer entführen
Einfach weil sie Oppositionelle sind.
Exil – ein Ort zum Durchatmen uuuu aaaah,
Ohne Angst vor dem Tod,
Ohne Angst vor Verhaftung.
Exil – ein Ort, an dem man wieder von Freiheit träumen kann.
Exil – ein Ort, an dem wir uns Geschichten von zu Hause erzählen.
Erinner dich, Baraka, als wir noch zu Hause waren.
Erinnert euch, Wasswa und Kato, als wir noch zu Hause waren.
Exil – ein Ort über Diktatoren nachzudenken, die mich zur Flucht gezwungen haben.
So wie meine Mutter und mein Vater fliehen mussten, als ich noch klein war,
Ein kleines, junges Kind.
Exil ... Exil ...
Sie nennen mich „Exilantin".
Sie nennen mich „Asylbewerberin".
Sie nennen mich „eine, auf die Anerkennung als Flüchtling Wartende".
Sie nennen mich „eine von zu Hause Fortgelaufene".

Sie sagten nicht „von zu Hause fortgelaufen".
Nein, nein, nein, nein, nein!
Sie sagten: „Von zu Hause geflohen".
Und ja, ich bin ins Exil geflohen:
Ins Exil nach Kenia,
Ins Exil aus Uganda nach Kenia,
Ein Exil in Afrika ...
Eine Afrikanerin in Afrika – ins Exil?
Geht es im Exil um Afrikaner in Afrika?
Exil – Träume von der Heimat,
An zu Hause denkt,
Sich wünscht zu Hause zu sein.
Der Geschmack von Matooke auf den Lippen täte gut,
Aber das ist ein Geschmack, den ich zu schnell vergesse ...
Hm, Exil!
Doch Exil wird nicht für immer sein.
Exil ist nicht für immer.
Exil ist keine Kapitulation.
Exil ist nur ein Rückzug, um neue Strategien zu entwickeln.
Um meinen Kindern zu sagen,
„Ich habe Euch die Möglichkeit gegeben, neu anzufangen."
Um meiner Tochter zu sagen,
„Jetzt kannst du aufs College gehen!"
„Du willst auf die London School of Economics? Du gehst auf die London School of Economics!"
Um meinem Sohn zu sagen,
„Du wirst jeden Tag eine Mutter haben, die deine Hausaufgaben betreut und dir Schachzüge beibringt. Du spielst Schach, aber du spielst nicht so gut, wie du spielen würdest, wenn du jeden Abend gegen deine Mutter gespielt hättest!
Um meinem anderen Sohn zu sagen,

„Hey, mein Sohn, Exil ist eine Zeit, in der du nicht ängstlich auf
die Nacht warten musst…“
Ist Mama nach Hause gekommen?
Wird Mama nach Hause kommen?
Hat die Polizei Mama geholt?
Exil…
Ich bin eine Exilantin mit einer sechzehnjährigen Tochter,
Und zwei Zwillingssöhnen im Alter von dreizehn Jahren.
Und doch träume ich vom Tag, an dem ich nach Hause
zurückkehren werde –
Keine Exilantin, sondern eine Uganderin, die in Uganda lebt,
Eine Afrikanerin, die in Afrika lebt,
Eine Weltbürgerin, die in der Welt lebt.
Ich lehne den Namen
Exilantin ab…
Mein Name ist Stella Nyanzi.

Gedicht 3

Wir schreiben uns in die Freiheit

Auch wenn die Diktatur in Uganda uns Glied für Glied die Finger abhackt,
Werden wir weiterhin die bittere Wahrheit über das Leid unseres Volkes schreiben.
Mit zittrigen Fingern, den eitrigen Bajonettwunden zum Trotz,
Kritzeln wir schmerzvolle Gedichte über das tägliche Leben der Menschen aufs Papier.
Sie zittern aus Angst vor Repressalien durch den repressiv strafenden Staat,
Wir werden wunderbare Gedichte schreiben, sie bluten aus unsern unterdrückten Herzen.
Die Schergen des Regimes können die Körper unserer Dichter verschleppen und misshandeln,
Doch niemals all die publizierten Bücher und Gedichte verhaften oder verprügeln.
Die Schläger des Unterdrückers können unsere Dichter foltern und ihnen die Knöchel brechen,
Doch sie können niemals unsere kraftvollen Sätze brechen, die die hässliche Wahrheit aussprechen.
Wir sind die schreibenden Dissidenten Ugandas.
Wir verpflichten uns, der Macht die hässliche Wahrheit direkt ins Gesicht zu sagen.
Wir schreiben uns in die Freiheit.

Auch wenn Ugandas Autokraten unsere schallenden Stimmkörper zerquetschen,
Werden wir weiterhin traurige Verse über die Not unseres Volkes skandieren.

Unsere Kehlen ersticken im Tränengas, das sie auswerfen, uns zu
vertreiben,
Rhythmische, traurige Strophen, die sich auf die Kämpfe des Volkes
reimen.
Hinausgequetschte, geflüsterte Kritik vorm Hintergrund ihrer
militärischen Macht,
Wir fordern ihre Panzer, Kommandos und Kugeln mit satirischen
Worten heraus.
Die Söldner des Autokraten können unseren Schriftstellern mit
ihren Gewehrkolben die Zähne ausschlagen,
Doch sie können den Texten, gegen die Laster des Staates
geschrieben, niemals Handschellen oder Fesseln anlegen.
Die Verhörmeister des Unterdrückers können die Hoden unserer
Wortschöpfer und Dichter mit Stromschlägen malträtieren,
Doch sie werden niemals die Absätze und Interpunktionen
unserer Schriften töten.
Wir sind Ugandas regimekritische Dichter:innen.
Wir verpflichten uns, Stücke zu schreiben, die
die Gesellschaft widerspiegeln.
Wir schreiben uns in die Freiheit.

Gedicht 4

Ich neige mein schweres Haupt

Ab und zu neige ich mein schweres Haupt,
Ich schließe einen Moment lang meine müden Augen,
Verstecke meinen Schmerz über die verrottenden Toten,
Verstecke meinen Kummer hinter der dünnen Verkleidung,
Und Fragen stürmen einfach auf mich ein;
Ihre Suche sorgt dafür, dass meine bittere Feder nie versiegt ...

Wie viele wird der Despot noch enthaupten?
Wann werden die Demokratien all die Lügen durchschauen?
Warum sterben noch immer Mütter in Krankenhäusern
ohne Versorgung?
Wie erklären Lehrerinnen und Lehrer den Kindern hungrige Bäuche?
Wo werden die Häftlinge nach ihrem Tod verscharrt?
Wann werden wir die Schreie der gefangenen Nation besänftigen?
Wie lange werden wir noch die Genossen vermissen, die ins Exil
geflohen sind?
Ich muss mein Haupt neigen und den Seufzern meines Mundes
freien Lauf lassen!

Manchmal werde ich gebeten, mitzuteilen:
Woher ich die Ideen für meine Texte nehme.
Wenn ich mein Herz entblöße,
Sammle ich Fragen für meine Reime.
Wenn ich schweige, wage niemand,
Meine Ruhe zu stören, die meine Kreativität verfeinert.

Ab und zu neige ich mein schweres Haupt,
Ich schließe für einen Moment die müden Augen,

Verstecke meinen Schmerz über die verrottenden Toten,
Verstecke meinen Kummer hinter der dünnen Verkleidung,
Und Fragen stürmen einfach auf mich ein;
Ihre Suche sorgt dafür, dass meine bittere Feder nie versiegt ...

Gedicht 5

Meine Tochter hat ein Dirndl gekauft

Meine Tochter hat sich ein hübsches Dirndl gekauft.
Strahlend weiß lugen die Spitzen des Petticoats
Aus dem Saum des kurzen Rocks hervor,
Schwarz und weiß und schwarz und weiß und schwarz und weiß.
Die schlichte weiße Bluse mit kurzen Glockenärmeln
Und karierter Büste, einen schwarzen Zopf überkreuz
Zusammengehalten von silbernem Schmuck.
Manchmal trägt sie eine schlichte schwarze Schürze überm Rock.
Während ich mit meiner Sehnsucht nach zu Hause kämpfe,
Ist meine schöne schwarze afrikanische Tochter in ihrem hübschen
Dirndl in Bayern zu Haus.
Sie schwingt sich aufs Rad und fährt im Dirndl
durch ganz München.
Während ich weiter die alten Kitenge-Kleider von zu Hause trage,
plant meine schöne Tochter ein Dirndl aus buntem Kitenge
zu nähen.
Erwachsene kämpfen damit, aus dem Exil ein Zuhause zu machen,
Kinder fühlen sich im Exil schnell zu Hause.
Meine Tochter hat ein hübsches Dirndl gekauft.

Gedicht 6

Heilende Öle in unsere (un)sichtbaren Narben reiben

Im Exil heilen wir uns selbst.
Weit weg von zu Hause ziehen wir die stinkigen, fleckigen Verbände ab.
Auf der Flucht drücken wir dicken Eiter aus unsern gelben Wunden.
In neuen, fremden Ländern behandeln wir unser Trauma ...
Ein Writer-in-Exile für einen anderen Writer-in-Exile,
Wir teilen beschämende Geschichten über unsere Verrohung;
Unsere Entmenschlichung durch rohe Gewalt.
Deine Stimme erstickt vor lauter Emotionen.
Salzwasser sammelt sich in meinen bebrillten Augen.
Du erzählst, wie Soldaten dir mit Nashornschwänzen auf den Rücken schlugen.
Du erinnerst dich an die nassen Wunden, die jeder Hieb hinterließ.
Du erinnerst dich an den stechenden, kreuz und quer verlaufenden Schmerz.
Du erinnerst dich an das höhnische Gelächter, als dein Körper zusammenbrach.
Sie haben sich über ihn lustig gemacht, weil er nicht männlich standhielt.
Du erzählst, dass du durch den Schmerz in den Oberschenkeln wieder zu Bewusstsein kamst.
Mit einer Handzange wurden Fleischstücke aus deinen Oberschenkeln gezupft.
Was für eine barbarische Folter!
Was für eine schmerzende Demütigung!
Die Wunden an deinen Oberschenkeln bluteten stärker.
Das Blut auf deiner Unterwäsche war zu schmerzhaft, um darüber zu sprechen.

Stattdessen diskutieren wir nach kurzem Schweigen weiter über das quälende Verhör.
Der animalische Blick in deinen Augen fesselt mich:
Ein gejagtes Tier, eingeschüchtert und in die Enge getrieben von raubtierhaften Rüpeln.
Deine Baritonstimme erstickt wieder.
Du erinnerst dich an das beschämende Ausziehenmüssen vor deinem Hauptpeiniger.
Sein tastender Stock hob deine Männlichkeit zur Inspektion und zum Gespött.
Er befahl seinen bewaffneten Schergen, die Säcke mit eurem Samen zu vermessen.
Ihre schmutzigen Hände betatschten und begrapschten und misshandelten dich.
Vor lauter Schmerz bist du ein weiteres Mal zusammengebrochen.
Du wurdest von einem Ort zum anderen geschleppt und verlorst dabei immer wieder das Bewusstsein.
Du erinnerst dich, dass du tagelang auf Glasscherben und scharfen Steinen knietest.
Deine Hände, Knie und Füße sind heute schwielig.
Winzige, glänzende Narben, für das Auge kaum sichtbar,
Doch die seelischen Wunden und Narben quälen mehr.
Sie sind unsichtbare Früchte des Traumas, das in unserer Psyche steckt,
Schlaflosigkeit, Angstzustände, Panikattacken, Entzug...
Herausforderungen der psychischen Gesundheit, mit denen wir zu kämpfen haben, unendlich weiter noch.
Wir erinnern uns, dass ich vor andern Leuten häufig in Ohnmacht fiel.
Mein Verstand schützt mich vor Auslösern eines neuen Traumas.
Im Exil stellen wir uns unseren Dämonen.
Wir heilen posttraumatische Belastungsstörungen,

Stellen zerstörtes Selbstwertgefühl und Vertrauen wieder her,
Waschen Jahre der Paranoia und Aggression ab.
Ich reibe Öl in die kreuz und quer verlaufenden Narben auf deinem
Rücken.
Ich reibe deine Narben mit heilenden Ölen ein.
Reibe dir Heilung in den Rücken.
Reibe symbolisch Heilung in meinen Schoß.
Gefängniswärterinnen haben mir das Baby aus dem Leib getreten.
Mein gequälter, gefangener Schoß hat mein ungeborenes Kind
verloren.
Ich trage Narben im Mutterleib und in meinem Kopf.
Reibe deine sichtbaren Narben mit Heilöl ein,
Reibe meine unsichtbaren Narben mit Heilöl ein.
Weine über deine kreuz und quer verlaufenden Narben
Das erlaubt mir, um meinen gequälten Mutterleib und mein
ermordetes ungeborenes Kind zu weinen.
Im Exil heilen wir uns selbst,
Überwinden Alters- und Generationsgrenzen,
Bieten einander heilende Kameradschaft an:
Eine ugandische Schriftstellerin im Exil heilt einen anderen
ugandischen Schriftsteller im Exil.

Gedicht 7

Exil ist weder Niederlage noch Kapitulation

1) Die Entscheidung, einfach vor seinen Unterdrückern zu fliehen,
Die Entscheidung, das eigene Leben angesichts von Mord und
Totschlag zu retten,
So schnell und so weit wie möglich der staatlichen Folter
zu entkommen ...
Diese harten Zutaten im Leben eines politischen Wanderers
Verdeutlichen vor allem, dass Exil weder Niederlage noch
Kapitulation ist.

2) Das Entwurzeltsein der Kinder im Schulalltag durch die
Ungewissheit des Asylverfahrens,
Das Eintauschen der Sicherheit des eigenen Zuhauses gegen das
Leben in Flüchtlingslagern,
Das Aufgeben der Sicherheit der eigenen Staatsbürgerschaft und
ins Exil-Gehen,
Das Eintauschen der Geborgenheit des Zuhauses gegen den Schutz
eines fremden Landes ...
Verdeutlichen vor allem, dass Exil weder Niederlage noch
Kapitulation ist.

3) Die Hoffnung, dass die Diktatoren eines Tages von der Macht
verdrängt werden,
Die Träume einer friedlichen Übergabe der Macht durch den
Präsidenten,
Die Sehnsucht nach der Wiederherstellung von Sicherheit und
Geborgenheit im Land der Geburt,
Der Wunsch, eines Tages nach Hause zurückzukehren unter eine
schützenden Regierung ...

Verdeutlichen vor allem, dass Exil weder Niederlage noch Kapitulation ist.

4) Exil ist nur ein vorübergehender Aufbruch.
Exil muss nicht für immer sein...
Exil kann mit dem Sturz des Diktators enden.
Exil stellt sicher, dass man lebt, um später weiterzukämpfen.
Exil ist weder Niederlage noch Kapitulation.

Gedicht 8

Geschenke, die an das Zuhause erinnern

Eva hat mir Geschenke gekauft, als sie nach Hause fuhr, um ihren Vater zu begraben.
Eva hat mir Geschenke gekauft ...
Aah kabalagala, hey-heh!
Sie hat mir kabalagala-Pfannkuchen mitgebracht, den ganzen Weg aus Uganda.
Oh Gott, wie sehr ich mich nach meiner Kindheit sehne ...
Das Essen dieser kabalagala-Snacks,
Ich erinnere mich daran, wie meine Mutter uns immer Münzen gab,
Um in Geschäfte zu gehen und kabalagala kaufen ...

Eva hat auch geräucherten Fisch gekauft.
Liebe Eva, du erinnerst mich an die Fischer, die in ihren Kanus hinaus fahren,
Sie werfen ihre Netze in den Viktoriasee oder den Nil und fangen Fische.
Oh, ngege Fisch in der Sonne geräuchert,
Von den Fischerinnen geräuchert.
Eva, ich danke dir für den geräucherten Fisch aus Uganda.
Ich möchte nach Hause.
Ich möchte nach Hause nach Uganda,
Einfach so, wenn man das wunderbare Aroma des geräucherten engenge Fischs riecht.
Eva, ich danke dir.

Und Eva hat mir Ndiizi gekauft ... süße kleine Ndiizi-Bananen.
Diese Bananen lassen dich alle anderen Bananen vergessen,

Denn die Süße darin ... oh-oh-mmmm,
Die Süße des Zuhauses, Uganda, so süß!
Die Süße des Zuhauses in einer kleinen Ndiizi-Banane,
Ein Geschenk, von einer Freundin gebracht ... den ganzen
Weg herüber,
Eingestiegen in ein Flugzeug am Flughafen in Entebbe,
Und zu mir nach München gebracht ...
Oh, wie süß das Leben in Uganda ist!
Wie sehr ich mein Zuhause vermisse und nach ihm sehne!
Danke Eva, du hast mich nach Hause gebracht.

Und auch Matooke hat Eva mir gekauft –
Matooke, die in Uganda gepflanzt und angebaut werden,
Süßkartoffeln den ganzen Weg von Busoga – Embooli,
Und Avacados.
Avacados bekommen wir in München,
Aber sie sind nicht wie die feinen Avacados von zu Hause aus Uganda.

Und Eva hat nicht vergessen, für mich mmmm ebbumba zu kaufen,
Hehehe ... der gebackene Lehm wird aus Erde auf dem Land in Uganda
hergestellt.
Ich bin süchtig nach diesem Ebbumba.

Und sie vergaß auch nicht, mir ein kleines Stück gebratene Jackfruit
mitzubringen.
Sie trug ffene – eine große ffene in ihrem Handgepäck,
Und als sie ankam, schnitt sie für jeden von uns ein Stück ab, für ihre
Freunde aus Uganda,
Und sie hat es für uns mitgebracht.

Und zu guter Letzt hat Eva daran gedacht, mir amaidho
    mitzubringen,
Die schönen roten Erdnüsse, die in der braunen Erde bis nach
    Budhagali wachsen.
Ich werde die Erdnüsse rösten,
Und gebratene Snacks für meine Kinder hier im Exil zubereiten.

Oh, diese Geschenke erinnern mich an zu Hause.
Ich habe Sehnsucht nach meinem Zuhause.

Geschenke, so wunderschön und voller Liebe aus Uganda
    von Eva mitgebracht.

Gedicht 9

Fernbeziehung im Exil

1. „Ihr Mann wurde verhaftet,
Ausgesucht aus der Streikpostenkette,
Niedergeschlagen und belästigt,
Mit Handschellen an einen anderen Freiheitskämpfer gekettet."
Ping, der Handy-Anruf endet!
Meine Besorgnis beginnt ...
Die Suche nach seiner Festnahmeadresse geht los.
Fragen zu möglichen Anklagepunkten stellen ,
Schwierige Kalkulation meiner voraussichtlichen Ausgaben:
Gerichtskosten, medizinische Versorgung,
Allgemeine Lebensmittel auch für seine Kameraden,
Unterwäsche zum Wechseln und eine Zahnbürste,
Hinterlegung einer Polizeikaution
Oder Beschaffung von Geldmitteln für die Kaution,
Bürgschaften und ihre Anforderungen ...
Noch mehr Ferngespräche,
Um meinen Geliebten zu Hause zu finden,
Während ich mich im Exil verstecke;
Erholt er sich von der quälenden Frontlinie.

2. „Ihr Mann wurde in Untersuchungshaft genommen,
Bekämpfung von Anklagen wegen ungesetzlicher Versammlung,
Während des Verhörs blau geprügelt,
Er hat sich so schwer verletzt, dass er jetzt hinkt."
Ping, der Handy-Anruf endet!
Angst breitet sich in mir aus ...
Die Suche nach jemandem, der jemanden kennt,
Wer kennt jemanden, der den Magistrat kennt.

Konsultationen mit Anwälten und Freunden der Richter,
Lange Zusammenstellungen der wahrscheinlichen Fallprognosen:
Inhaftierung, um verletzte Genitalien und Frakturen zu verbergen,
Lange Inhaftierung ohne Gerichtsverfahren,
Inhaftierung ohne die erforderliche medizinische Versorgung,
Inhaftierung in einer medizinischen Einrichtung des Gefängnisses
mit neuen Infektionen,
Isolationshaft als Therapie,
Möglichkeit der Haftverkürzung durch Bestechungsgelder,
Suche nach einem Gerichtsbediensteten, der dem Richter das
Bestechungsgeld übergibt,
Viele schlaflose Nächte, die durch schlaflose Sorgen
gestohlen wurden;
Wenn der Schlaf kommt, stören Albträume meine Ruhe.

3. „Ihr Mann wurde zwangsgeräumt,
Rausgeworfen aus der Wohnung, die Sie gemietet haben,
Seine spärlichen Habseligkeiten wurden auf unbestimmte Zeit
beschlagnahmt,
Beschämt von einem Vermieter, der die Soldaten fürchtet."
Ping, der Handy-Anruf endet!
Meine Panik eskaliert...
Die Suche nach Lösungen für das Problem meines Mannes beginnt.
Die Suche nach Erleichterung seiner harschen Situation verzehrt
mich im Innersten.
Viele Tausende von Kilometern voneinander entfernt im Exil,
Ich arbeite immer noch hart daran, ihn vor übermäßigen
Schmerzen zu bewahren.
Sein Leben ist die gequälte Existenz eines Fußsoldaten in Freiheit,
Zurückgelassen wegen seiner Liebe zu unserem Land,

Körperlich zurückgelassen, aber freiwillig für immer in meinem
Herzen getragen;
Als angenehme Erinnerung tief in meine Lenden eingebrannt,
Eingebrannt in mein Unterbewusstsein, wo tiefe Sehnsucht wohnt.
Oberflächlich betrachtet ein Rüpel, aber im Innersten zart!
Obwohl nicht verheiratet, sind unsere Seelen rein und unendlich
vereint.
Als Unverheiratete ist unsere Liebe für Visa-Geber nicht
zu erkennen.

4. „Ihr Mann hat eine Frau geschwängert
Auf seiner Suche nach Liebe in Ihrer Abwesenheit;
Sein Streben nach Verbundenheit trotz aller Distanz.
Er zeigte sein neugeborenes Baby in den sozialen Medien".
Ping, der Handy-Anruf endet!
Meine Enttäuschung geht hoch wie eine Bombe ...
Die Suche nach Gründen, ihn abzuservieren, nimmt kein Ende.
Die Kritik an unseren Unverträglichkeiten nimmt überhand.
Falsche Ratschläge und Missbilligung verbreiten sich wie Lauffeuer.
Es wird viel über meine Loyalität und die Untreue der Menschen
geredet.
Einsam und beschämt weine ich endlos, allein im Exil.
Ich fühle mich verraten, betrogen, ins Herz getreten und möchte
sterben.
Peinlich berührt von meiner alternden Gebärmutter, gebe ich mich
geschlagen.
Nicht nur, dass ich von weit weg im Exil nicht konkurrieren kann,
Aber die harten Falten meiner müden vernarbten Gebärmutter
Können die sanften einer Frau mit vielen frischen Eiern nicht in den
Schatten stellen.

Geschlagen schickte ich ihm das Geld für ihren Kaiserschnitt.
Die Unschuld des Babys bezaubert mich, belastet aber die Jugend der Mutter.
Aus dem Exil schicke ich ihm Geld, um sein verlassenes Baby aufzuziehen.

Gedicht 10

Fließend kolonisiert

Tränen fließen ohne Unterlass,
Deine jugendlichen Wangen werden feucht,
Die Akne bewässert von bitteren Augendrüsen.
Stille Tränen tragen deine Frustration.
„Mama, ich bin nicht dumm!", stotterst du.
„Es ist die Sprache, Mama ...
In meinem Alter Deutsch zu lernen ist schwer,
Ich kann die Logik des Deutschen nicht lernen.
Die Worte sind zu lang und ohne Geschmack.
Viele Konsonanten folgen aufeinander.
Grotesk und merkwürdig!
Schmerzhaft anzuschauen, wenn es richtig geschrieben ist.
Die Vokale sind doppelt punktiert.
Auch werden die Vokale betont."
Du schnaufst und putzt dir die Nase.
Du schaust mich mit schmerzerfüllten Augen an.
„Aber Mama, sag ihnen, dass ich nicht dumm bin."
Sie spricht leise, langsam und ernsthaft.
„Mein Gehirn schaltet sich aus.
Ich habe den Schlüssel zum Aufschließen einfach nicht gefunden.
Mein Gehirn hat bereits die englische Sprache gelernt:
Die Grammatik, Zeitformen, Plural und Regeln.
Ich wurde fließend kolonisiert, Mama.
Und das, nachdem ich meine Muttersprache gelernt hatte.
Ja, ich spreche dein Luganda, Mama.
Ich habe nie gelernt das Fula meines Vaters zu sprechen.
Er war nie da, um mit mir zu sprechen, als ich aufwuchs.
Ich spreche bereits das Englisch der Königin fließend.

Ich will keinen weiteren Kolonialherren, Mama.
Ich lehne diese Sprache der Rekolonialisierung ab.
Ich lehne die Sprache deines Exils ab.
Und ich weine über meine Ablehnung."

Gedicht 11

Im Mundexil

Ich sitze still und nachdenklich da und höre zu.
Exilanten erklären ihr Exil.
Einige haben viele Länder illegal durchquert.
Einige kamen mit dem Schlauchboot auf diesen Kontinent.
Einige wurden in der Fracht versteckt.
Einige schlichen sich im Schutz der Nacht hinein.
Einige wurden unter Zeugenschutz eingeflogen.
Einige verklagten die furchterregenden Demagogen beim ICC.
Einige haben immer noch den Sicherheitsdienst an ihren
Schatten heften.
Einige haben ein oder zwei Fatwahs auf ihren Namen.
Einige saßen jahrzehntelang in Einzelhaft.
Einige tragen Narben von Schlägen und Schüssen.
Einigen ist die Rückkehr in ihr Geburtsland untersagt.
Ich bin bescheiden, denn meine Exilgeschichte ist viel einfacher.
Ich lebe in Bayern im Exil.
Ich bin mit einer Aufenthaltsgenehmigung nach Deutschland
geflogen.
Ich war am helllichten Tag mit meinen Kindern unterwegs.
Ich habe meinen Abschied auf Facebook und Twitter angekündigt.
Ich habe den Journalisten gesagt, dass ich hoffe, dass das Exil mir
Freiheit bringt.
Freie Meinungsäußerung ohne Angst vor Gefängnisstrafen,
Freie Meinungsäußerung ohne Kriminalisierung durch dickköpfige
Staatsanwälte,
Die Freiheit, scharfe Worte des Widerspruchs zu nutzen,
Die Freiheit, der Macht die Wahrheit zu sagen, so lang und so laut
ich will,

Die Freiheit, die Worte meines Mundes ohne Repressalien zu gebrauchen ...
Unabhängig davon, wie unglaublich meine Geschichte im Vergleich zu anderen ist,
Ich wurde ins Exil geschickt, um meinen Mund zu befreien und der Macht die Wahrheit zu sagen.
Ich wurde wegen meines Munds verbannt!

Gedicht 12

Einsam im Exil

Ich floh vor politischer Verfolgung.
Hier im Exil bin ich jetzt sicher.
Doch meine Unzufriedenheit ist keine Übertreibung.
Einsamkeit macht mein Leben bitter wie Galle.
Ich bezahle Sicherheit mit schmerzlicher Isolierung.
Die fehlende Sprache stellt mich als Idiotin dar.
Meine Fremdheit hindert mich am Umgang.
Meine Nachbarn erwidern mein Lächeln nicht mehr.
Der strenge Winter verstetigt meine Entfremdung.
Ich sehne mich nach der Gemeinschaft an der Quelle des Nils, die ich verließ.
Ich spreche selbst mit Bäumen ohne Blätter in meiner Verzweiflung.
Ich spreche sogar ab und zu laut mit mir selbst, und eher zu viel.
Ungeplant, der derzeitige Grund meiner Bestürzung;
Ach, ich bin einsam im Exil.
Ich bin jetzt sicher vor politischer Verfolgung,
Und doch bin ich sehr einsam hier im Exil.

Gedicht 13

Zwiespältiges Kallipolis!

1)
Kallipolis – die ideale Stadt von der Platon sprach,
Die utopische Stadt, die von Sokrates erdacht ward,
Die zukünftige Stadt, erschrieben von griechischer Philosophie,
Die autonome, sich selbst versorgende Stadt ...
Oh Kallipolis, du mythische Utopie!

2)
Kallipolis – die Stadt des Mutes und der Gerechtigkeit,
Verteidigt von schnellen, mutigen Truppen,
Regiert von älteren, weisen Philosophenkönigen,
Instandgehalten von treuen Machern,
Oh Kallipolis, du mythische Utopie!

3)
Kallipolis – die Stadt der Weisheit und des Wissens,
Ihre Herrscher werden fünfzig Jahre lang ausgebildet;
Fünf Jahrzehnte strenges Studium,
Ein halbes Jahrhundert der Vorbereitung auf die Führungsrolle.
Oh Kallipolis, du mythische Utopie!

4)
Kallipolis – die Stadt der Gleichstellung,
Ihre Männer und Frauen werden gleich behandelt.
Geschlechtsneutralität innerhalb strenger Klassenkategorie:
In der Kindheit wird die eigene Klasse natürlich erkannt.
Oh Kallipolis, du mythische Utopie!

5)
Aber ist Kallipolis eine Utopie?
Ist Kallipolis wirklich utopisch?
Ist Platons Kallipolis nicht eher eine Dystopie?
Ist Sokrates‘ Kallipolis nicht wirklich dystopisch?
Kallipolis – utopisch?
Kallipolis – dystopisch?
Kallipolis – Utopie, Dystopie
Kallipolis – Dystopie, Utopie
Kallipolis, Kallipollis, Kallipolis, Kallipolis ...

6)
Kallipolis – deine totalitären Gesetze sind erstickend.
Deine Versammlungsregeln sind restriktiv.
Deine natürliche Klassenselektion diskriminiert.
Deine Ordnungsvorschriften sind primitiv.
Oh Kallipolis, du mythische Dystopie!

7)
Kallipolis – warum die Klasse in der Kindheit wählen?
Warum sind Klassen fest und starr?
Warum zerstören sie alle Hoffnungen auf soziale Mobilität?
Warum die Fixierung auf edle Lügen von Gold-, Silber-, Bronze-
oder Eisenseelen?
Oh Kallipolis, du mythische Dystopie!

8)
Kallipolis – deine Führer haben kein privates Eigentum.
Auch die Soldaten haben kein privates Eigentum.
Weder privates noch persönliches Eigentum.
Eure Krieger und Anführer leben in einer Gemeinschaft.
Oh Kallipolis, du mythische Dystopie!

9)
Kallipolis – deine Kommunen melken deine Untertanen.
Deine Kommunen sind auf die Besteuerung
von Kleinstproduzenten angewiesen.
Deine Herrscher und Soldaten sind auf die Unterschicht
angewiesen.
Deine Bequemlichkeiten werden von leichtgläubigen Menschen
abgesaugt.
Oh Kallipolis, du mythische Dystopie!

10)
Kallipolis – die Stadt ohne Familieneinheiten,
Alle ihre Kinder werden vom Staat aufgezogen.
Heterosexuelle Partnerschaften vom Staat sanktioniert.
Du tötest defekte Babys, Nachkommen minderwertiger Eltern.
Oh Kallipolis, du mythische Dystopie!

11)
Kallipolis – die Stadt, deren Dichter im Exil leben!
Deine Zensur alternativer, pluraler Wahrheiten,
Dein Urteil über Theaterstücke, Gute-Nacht-Geschichten
und kulturelle Werke....
Warum sollte es Wahrheit nur bei deinen Philosophenkönigen
geben?
Oh Kallipolis, du mythische Dystopie!

Gedicht 14

Auf der Suche nach einem Zuhause

1) „Komm nicht zurück nach Hause!
Halte dich fern von diesem Ort.
Wenn du zurückkommst, werden sie dich umbringen!"
So rät mir ein Freund nach dem anderen eindringlich.
Anrufe nach Hause sind Denunziationen.
Die, von denen ich weiß, dass sie mich lieben, verleugnen mich.

2) „Kehre jetzt nicht nach Uganda zurück.
Du gehörst nicht mehr zu uns.
Es ist zu gefährlich, hier als Regimekritiker aufzutreten.
Deine abweichende freie Meinung ist nicht erwünscht."
Gespräche in der Heimat sind Desavouierungen.
Diejenigen, die mich wirklich mögen, weisen mich zurück.

3) „Nenn dieses Land nicht mehr dein Zuhause!
Kapp alle Verbindungen, die du zu diesem Ort hast.
Brenn die Brücken nieder, über die du in die Freiheit geflohen bist.
Eine Rückkehr führt dich direkt zurück ins Gefängnis."
Konsultationen mit Einwanderungsanwälten werden verweigert.
Diejenigen, die über Fachwissen verfügen, tadeln mich.

4) „Blick nicht mit Nostalgie zurück.
Spül deine Abhängigkeit von diesem Land aus deinem Blutkreislauf.
Mach dir keine Illusionen über eine Rückkehr in diese Tyrannei.
Genieß die neue Freiheit, die du im Exil hast."
Die Erinnerung an zu Hause schwindet zu einer fernen Erinnerung.
Die Menschen in meinem neuen Wohnsitzland sollten mich umarmen.

5) „Kämpf nicht gegen das Exil.
Du bist hier willkommen, vorerst.
Pack deine Koffer aus, richte dich ein und mach dies
zu deinem Zuhause.“
Wird diese neue Heimat jemals mein Zuhause sein?

Gedicht 15

Hure!

„Schamlose Hure!“ So nannten sie mich.
Ich habe drei Kinder zur Welt gebracht
Mit unbekannten Vätern.
Ich habe meine Kleinen aufgezogen
In einem eigenen Haus.
Ich habe mit jüngeren Liebhabern geschlafen,
Ich kaufte ihnen Bier – nicht auf Kredit.

„Schamlose Hure!“ So nannten sie mich.
Ich verkaufte gebrauchte Kleidung
Auf weit entfernten freien Märkten,
Auf riesige Lastwagen bin ich geklettert,
Der Transport meiner Waren hieß
Aufwachen am frühen Morgen,
Schuften bis in die dunkle Nacht.

„Schamlose Hure!“ So nannten sie mich.
Ich saß zwischen den Männern
Bei Nachbarschaftstreffen.
Ich sprach wie die Männer
Bei Bürgerversammlungen.
Ich habe bei Beerdigungen Geld gespendet,
Aber nie den Zehnten bei Kirchentreffen gegeben.

„Schamlose Hure!“ So nannten sie mich.
Ich widerstand der Unterwerfung
Und unterschied mich von alleinerziehenden Müttern.

Ich griff nach einem Visum
Und überschritt Staatsgrenzen.
Ich bin ins Flugzeug gestiegen
Und floh vor Soldaten.

Gedicht 16

Trockener Baumstamm im Hirschgarten

Von der Sonne geküsst und vom Wärmestrahl des Winters
   wahrhaft geliebt,
So lehne ich mich an einen mächtigen, trockenen Baumstamm,
Schöpfe Kraft aus diesen Scherben der Natur,
Genieße die graue Schönheit des deutschen Winters:
Gespenstische Bäume ohne Blätter umringen mich,
Umarmen mich und tragen mich wie lang verschollene Vorfahren.
Leicht unheimlich, aber dennoch erfrischend,
Küsste ein kalter Winterwind meine Stirn,
Geflüster über die Weisheit der Hoffnung in zyklischen Jahreszeiten:
Alles, was im Winter stirbt,
Erwacht mit dem Wachstum des Frühlings wieder zum Leben,
Blüht im Sommer in voller Pracht,
Und reift im Herbst goldbraun,
Nur um im kommenden Winter wieder zu sterben.
Wie therapeutisch sind diese Naturscherben des Winters,
Ich lehne mich an diesen trockenen Baumstamm.
Totenstille im Hirschgarten,
Das gibt mir Kraft, während ich mich ins Exil begebe,
Es tröstet mich im Stillen mit fester Gnade ...
Keine Zweige, keine Blätter, keine Früchte, keine Blüten
Und doch habe ich weit weg von Zuhause meine Kraft
   wiedergefunden.
Wer braucht schon freundliche, falsche Menschen?
Wenn es so leichte Umarmungen durch die Scherben der Natur gibt?

Gedicht 17

Todesstrafe

(i)
Uganda, mein reiches Mutterland
Von furchtbar homophoben Staatsorganen befleckt.
„Schafft sie aus der Welt!" Stimmen die Mitglieder des Parlaments ab.
„Gott verbrannte alles, was in Sodom und Gomorrah lebte!"
Inmitten dieser frommen Selbstgerechtigkeit,
Führte der Gesetzgeber die Todesstrafe ein;
Mord bei Verurteilung wegen schwerer Homosexualität.
Mit Schütteln einer hochgehaltenen Bibel oder eines Quarans,
Rufen Pfarrer, Hochwürden und Bischöfe, oder
Imame, Scheichs und Khadhis
Zu landesweiten Protestmärschen auf.
Homophobie überwand Toleranz.
Die Macht der Mehrheit setzte die Rechte der Minderheit außer Kraft.
Afrikaner schützen die Schwächsten der Gemeinschaft.

(ii)
Uganda, mein schönes Mutterland
Zersetzt von Intoleranz gegenüber Minderheiten.
„Hängt sie!" Schrien die öffentlichen Medien.
„Hängt die Homosexuellen, die unsere Kinder verderben!"
Mitten in dieser schaurigen Zeit der Massenhysterie,
Wurde David Kato kaltblütig ermordet;
Durch einen Schlag mit einem schweren Hammer auf den Kopf!
Den Zeigefinger anklagend schüttelnd,
Schrie der Geistliche, der die Beerdigung beaufsichtigte,
Die schockierten Trauernden an.
„Gott hasst Homosexuelle!"

Homophobie überlagert Empathie,
Das Gesetz der Höflichkeit wird untergraben;
Afrikaner sprechen nie schlecht über die Toten.

(iii)
Uganda, mein gefangenes Mutterland
Unterdrückt von einer homophoben Diktatur.
„Tötet sie!" Unterschrieb der Präsident.
„Bestraft sie mit verschiedensten, harten Strafen!"
Inmitten dieser entsetzlichen, staatlich verordneten
moralischen Panik,
Erleiden Lesben, Schwule und Transgender-Menschen,
Schwere homophobe Verfolgung, durch das Gesetz gedeckt.
Zwangsräumung von Unterkünften und Wohnungen
durch die Vermieter.
Die Entfernung vom Arbeitsplatz durch den Arbeitgeber.
Die Enthüllung durch Nachbarn und Familie gegenüber den Medien.
Die Erpressung durch Liebhaber in Zusammenarbeit mit der Polizei.
Der Exodus ugandischer Queers erfolgte *massenhaft*;
Brain-Drain und Flucht, um das schiere Leben zu retten.
Mama Afrika wurde ihrer queeren Kinder beraubt!

Gedicht 18

Queere Fragen fragend

Obwohl du verallgemeinerst und sagst:
Die Ugander sind vorurteilsbeladene Homophobe,
Ich bin ugandische Staatsbürgerin, wie ich anmerken darf.
Auch ich habe seltsam queere Fragen, die dies Gesetz in Frage stellen.
Meine queeren Fragen stellen die Logik des Gesetzes in Frage.
Eine schwarze ugandische Parlamentssprecherin
In schwerer blonder Perücke,
In englischer Sprache sprechend,
Auf eine christliche Bibel schwörend
In einem Parlament, das England nachempfunden ist,
Die die Abgeordneten aufruft mit „Aye“ oder „Nay“ zu stimmen,
Behauptet, man kämpfe gegen den westlichen Imperialismus,
Durch Ächtung der Homosexualität, gelernt vom Westen ...
Was für eine Heuchelei!
Was für eine Doppelzüngigkeit!
Das Anti-Homosexualitätsgesetz gibt vor, dem Schutz von Kindern zu dienen.
Und doch konzentriert es sich eng auf die Homosexualität.
Warum wird heterosexuelle Pädophilie nicht ebenso streng geächtet?
Warum wird vorgegeben, die geschätzte Kultur der Ugander zu schützen
Als wären wir eine homogene kulturelle Gruppe?
Warum wird vorgegeben, man schütze traditionelle Familienwerte?
Gilt das auch für Polygamie, Kinderehen und Mitgift?
Warum werden ausländische Importe jüdisch-christlicher Religionen zitiert?
Warum auf Bibelstellen aus Levitikus, der Genesis und dem Galaterbrief verwiesen?

Was ist an den Grundlagen der Homophobie so indigen?
Warum werden gleichgeschlechtliche, einvernehmliche
Beziehungen zwischen Erwachsenen kriminalisiert?
Was für eine Homophobie!
Was für ein Irrglaube!
Ich bitte um Antworten auf meine queeren Fragen,
Hinterfragen wir die Logik des Anti-Homosexualitätsgesetzes.

Gedicht 19
Hinter meinem wütenden Gesicht auf deinem Fernseher

Hinter meinem wütenden Gesicht auf deinem Fernseher
Stehen Millionen ermordeter, unbewaffneter Zivilisten,
Unschuldige Bauern, die von den Staatswaffen in den Himmel
geschossen werden,
Ihr Blut fortgespült vom sanften Regen und harter Propaganda,
Ihre Ermordung bloß Statistik in den Berichten der
Menschenrechtsorganisationen,
Diese Ungerechtigkeiten bleiben unkorrigiert von einer
ohnmächtigen Justiz,
Die schwarze Trauer der Familien macht unsere Gesellschaft krank,
Die schmerzende, gähnende Lücke, die sie hinterlassen,
wird niemals gefüllt werden,
Verwaiste Töchter, verwaiste Söhne, verwaiste Pflegekinder ...
Verwitwete Ehemänner und verwitwete Ehefrauen ...
Trauernde Eltern – Väter und Mütter,
Trauernde Geschwister – Schwestern und Brüder und
Cousins und Cousinen,
Im Stillen trauernde Gesellschaften, krank bis ins Mark –
kochender Wahnsinn.

Hinter meinem wütenden Gesicht auf deinem Fernseher
Steht der Wahnsinn eines CIC, der Zivilisten erschießt:
Ein Vater der Nation, der seinen Kindern Kugeln schenkt,
Ein Diktator, der seinen Machterhalt mit Menschenblut bezahlt,
Einst ein revolutionärer Freiheitskämpfer, blutet er gebrochene
Untertanen aus,
Eine Mutter, die ihr Neugeborenes isst ...
Museveni – Mutter dieser chaotischen, korrupten Gewalt!

Hinter meinem wütenden Gesicht auf deinem Fernseher
Steht eine Frau, die Gerechtigkeit im Unrecht sucht.
Hab also Nachsicht mit mir und meinem Ärger,
Denn mein Zorn muss auch dein Zorn sein!
Warum bist du nicht genau so wütend wie ich?
Wo in aller Welt lebst du?
Warum bist du nicht genau so wütend wie ich?

Gedicht 20

Die Beschneiderin

Sie schärft ihr Messer;
Reibt es langsam auf dem Stein.
Sie denkt über ihr langes Leben nach:
Achtundsechzig Jahre sang sie das gleiche Lied,
Wenn sie Kräuter fürs Brauchmesser braute.
So scharf, dass es immer glänzte,
Bereit, die spätere Ehefrau eines jeden Mannes vorzubereiten.
Viele Klitorisse hat sie vergraben ...
Ein zeitloses Ritual in der Lebensweise ihres Volkes:
Eine traditionelle Norm, die ihre Vorfahren weitergaben.
Ihr Stamm hat ihrer Arbeit keinen Stein in den Weg gelegt,
Auch dann nicht, als die Regierung befahl, damit aufzuhören.
Die Segnungen ihrer Vorfahren sind weit verbreitet,
Denn sie hat den Eid der Beschneiderinnen geschworen und
aufrechterhalten.
Langsam schärft sie ihr Messer
Und bereitet im Morgengrauen ihre Arbeit vor.

Gedicht 21

Das staatliche Gesundheitszentrum

Auch heute noch – nach langen Jahren im Exil,
Verfolgen mich Erinnerungen an die öffentliche
Gesundheitsfürsorge zu Hause.
Ich erinnere mich an einige staatliche Gesundheitszentren zu Hause.
Verfallene alte Gebäude,
Unzureichend erhalten,
Seit Jahren blättert die Farbe von den Wänden ab,
Die Fenster klaffen voller Glasscherben,
Regen dringt durch verrostete Dächer,
Wasser tropft aus verschmutzten Platten an der Decke,
Generationen von Fledermäusen, die kopfüber ruhen,
Schamlos auf dürre Patienten starren,
Die in überfüllten Krankenhausbetten dahinvegetieren,
Geduldiges Warten auf das unterbezahlte Gesundheitspersonal,
Die nicht verfügbare Arzneimittel verschreiben,
Und unterernährte Mütter gebären Babys mit offenen Augen
In Geburtssälen, in denen es weder Strom noch Wasser gibt.
Die nahe gelegene Leichenhalle nimmt oft tote Mütter auf.
Manchmal bringt eine tote Mutter ein totes Baby mit.
In anderen Fällen hinterlässt eine tote Mutter ein Waisenkind.
Babys, die das Glück haben, die Geburt zu überleben, sind nicht
geimpft.
Die staatliche Apotheke leidet unter Lieferschwierigkeiten.
Eine sterbende Regierung erkennt man an ihren Krankenhäusern.
Eine tote Regierung riecht man in ihren Gesundheitszentren.
Unterbesetzt, so arbeitet das Personal mit unterbezahlten
Pflegekräften
Unter den wachsamen Blicken der kopfüber hängenden
Fledermäuse.

Gedicht 22

Ich muss kein Baum sein

Ich muss weder Wolke sein noch See,
Um für Klimagerechtigkeit zu kämpfen.
Ich muss kein Baum sein,
Um gegen die Abholzung der Wälder zu protestieren.
Das Fällen von Bäumen zur Gewinnung von Bauholz, von Brennholz oder Holzkohle
Ohne neue Setzlinge zu pflanzen,
Dezimiert den Waldbestand unserer Erde,
Dünnt den massenhaften Stoffwechsel der Bäume aus,
Verringert die Transpiration,
Verkleinert die Verdunstung von Wasser, das die Wolken bildet,
Vermindert die Niederschlagsmenge,
Senkt die Spiegel der Gewässer und tötet unsere Fische,
Beeinflusst die Trockenheit unserer Böden,
Verstärkt die Wüstenbildung,
Tötet pflanzliche Arzneien ab,
Minimiert die jährlichen Ernteerträge,
Erodiert die Einkommen der Farmer,
Frisst sich in unsere Nahrungsgrundlage,
Macht unsere Kinder unterernährt,
Was für eine Katastrophe!
Das Fällen von Bäumen beraubt die Erde, die Seen, die Wolken und Menschen!
Das Fällen von Bäumen beraubt die Bauern, Frauen und Kinder ihres Unterhalts.
Und so pflanze ich Bäume, um für Klimagerechtigkeit einzutreten.
Wenn ich keinen Baum pflanzen kann, dann umarme ich einen Baum.
Bäume absorbieren umweltschädliche Kohlenstoffemissionen.

Bäume reinigen die Atmosphäre von Giften.
Bäume schützen die Ozonschicht.
Bäume schützen uns vor den ultravioletten Strahlen der Sonne.
Bäume wirken der globalen Erwärmung entgegen.
Ich muss kein Baum sein,
Um für Klimagerechtigkeit zu kämpfen!

Gedicht 23

Tränengas ist die süße Würze des Protests

Tränengas ist die süße Würze des Protests.
Eure Kanister mit scharfem Gas werden uns nicht aufhalten.
Eure gepanzerten Wasserkanonen bringen uns nicht um.
Eure rosafarbenen Hochdruckwasserstrahlen jagen uns keine
Angst ein.
Wir sind friedliche Demonstranten.
Mobilisierter Mut bringt uns auf die Straße.
Wir marschieren mit Sprechchören für die Sache,
Wir heben unsere Fäuste, während wir singen,
Wir schwenken unsere Fahnen mit Entschlossenheit,
Wir antworten unseren Anführern laut.
Wir sind Freiheitskämpfer der Gewaltlosigkeit,
Unser Protestmarsch führt durch die Stadt.
Eure Bereitschaftspolizei schüchtert uns nicht ein.
Eure Hunde werden uns nicht aufhalten.
Euer bitteres Tränengas kann uns nur zerstreuen.
Aber wir müssen leider zurück zum Protest ...
Die Verfassung garantiert uns die Freiheit zu demonstrieren!
Euer Tränengas verstößt gegen die Verfassung.
Also genießen wir, für unsere Selbsterhaltung und unseren
Widerstand,
Langsam die Süße des Protests.
Tränengas ist die süße Würze des Protests.

Gedicht 24

Katalysatoren der Gewalt

Ich beobachtete eine friedliche Versammlung
Flüchtig, gewalttätig und bösartig werden.
Ein Anführer der hungrigen Massen
Hielt einen eisernen umgedrehten Sufuria-Kochtopf,
Auf den er rhythmisch mit einem hölzernen Rührlöffel klopfte,
Und dem Publikum aus Arbeitslosen zurief.
„Wir sind hungrig! Wir wollen Essen!"
Die wartende Menge skandierte unisono zurück:
„Wir sind hungrig! Uns fehlt Essen!"
Der Anführer rief, während er stilvoll weiterklopfte:
„Senkt die Lebensmittelpreise! Wir wollen Essen!"
Die anwachsende Menge stimmte ein in den Refrain:
„Wir sind hungrig! Uns fehlt Essen!"
Der Anführer fuhr lautstark fort:
„Niedrigere Lebensmittelpreise! Wir wollen Lebensmittel!"
Die armen, arbeitslosen, hungrigen Massen reagierten:
„Wir sind hungrig! Uns fehlt Essen!"
Die Sprechchöre wurden lauter und lauter
Wie der schwarze Rauch eines Brandopfers.
Hochgepanzerte Militärkettenfahrzeuge
Kamen mit harten Wasserwerfern an.
Bereitschaftspolizisten in schwerer Ausrüstung
Schossen erstickendes Gas auf nasse, friedliche Demonstranten.
Nach dem Bad im Anti-Aufruhr-Wasserspray
Und schmerzhaft erstickendem Anti-Aufruhr-Gas,
Sammelten junge arbeitslose, hungrige Demonstranten
Felsen, Ziegel und Steine auf

Die sie mit voller Wucht auf die Militärpolizei schleuderten.
„Vier Polizisten sterben bei Hungerunruhen".
Erklärten die Sprecher der Abendnachrichten.

Gedicht 25

Dissidenten wie ich

In Uganda, meinem Mutterland,
Sind Dissidenten wie ich
Tot, werden derb
Drangsaliert,
verhaftet oder inhaftiert,
Depressiv und dement vor Angst, oder
In ferne Grenzgebiete deportiert.
Wir trotzen der Demütigung einer solchen Disziplinierung,
Dissidenten wie ich
Verschiebt man über Grenzen,
Verwandelt sie zu Zwangsmigranten,
Exilanten, Asylbewerbern, Flüchtlingen,
Desfigurierten Ausländern ohne Dokumente ...
Wir werden unser Fortbestehen würdig gestalten,
Von Dissidenz und Dissens in der Diaspora begeistert!
Dort tagtäglich mit fremdenfeindlicher Diskriminierung befasst,
Träumen wir von der Befreiung unseres Zuhauses.
Wünschen uns die dauernde Befreiung für unser Volk.
In Uganda, meinem Mutterland,
Sind Dissidenten wie ich
tot ... oder sterben vor Schreck.
Im Exil, meinem Wohnsitz,
Trotzen Dissidenten wie ich
Tagtäglich der Möglichkeit des Todes.

Gedicht 26

Sprich, Mami, sprich!

Ongea, Mama ongea!
Yogera, Maama yogera!
Parle, Mama parle!
Sprehe, Mama sprehe!
Sprich, Mommy, sprich!
Sprich, auch wenn du schwach bist!
Sprich mit scharfem, erschrockenen Quietschen!
Sprich Englisch, dass sie klicken!
Sprich und tease sie, in einer Sprache, die nach Griechisch klingt.
Sprich durch die dicken Schichten deines Schweigens!
Sprich durch die Scham, die sich zu halten sucht!
Sprich, selbst wenn sie sagen, du bist ein Freak!
Sprich und stampf und tob zu einem Peak!
Sprich freundlich, denn man sagt, du seist sanftmütig,
Sprich langsam, und wenn sie es sind, werde schnell heißblütig.
Sprich, ohne Rücksicht auf die Staatsmacht, die dich für krank hält!
Sprich und bring den Menschen bei, wie man tickt.
Sprich in Metaphern der Macht – bis sie ihren Schrei ausstoßen.
Sprich dünn, und wenn du dich schlau gemacht hast, sprich dick!
Sprich in deinem alten Kitenge inmitten schlanker, schicker
    Anzugträgerinnen.
Sprich wie der Vogel im Käfig mit seinem Schnabel!
Sprich, es ist nicht mehr an der Zeit, die andere Wange hinzuhalten.
Sprich, und halte deinen trotzigen Arsch nicht zurück!
Sprich mit jüngeren Frauen und teil deinen Trick.
Sprich, um den Mann mit dem großen Schwanz heraus zu fordern.
Sprich laut und deutlich, bevor du ins Fettnäpfchen trittst!
Sprich, um Verbindungen herzustellen oder leck ihre Ohren,

Sprich respektvoll, wenn‘s nötig ist, und einem Augenzwinkern
im Gesicht.
Sprich und hör zu und sprich und hör zu und sprich!
Sprich, Mama, sprich!

Gedicht 27

Schöne weiße Retterin

Langes glänzendes blondes Haar,
Blaue Augen wie der Nil,
Haut so weiß wie Schnee in ihrem Land.
Ihre Schönheit ist ebenso rein:
Eisige, steinkalte Schönheit.
Fehlende Fröhlichkeit,
Ohne Flexibilität.
Durch und durch egozentrisch.
Und selbstgefällig ethnozentrisch.
Ihre Wege sind die einzigen Optionen ...
Zivilisatorische Retterin.
Kolonisierende Retterin.
Schöne kalte weiße Retterin.
Sie bezahlt dein Visum und dein Flugticket raus aus dem Krieg
Und sie erwartet insgeheim, dass du ihr die Füße leckst.
Sie ernährt dich eine Weile lang
Und lobt sich selbst für deine Gesundheit.
Sie gibt dir Herberge in einer dunklen, schmuddeligen Wohnung
Und schreibt sich deinen Reichtum zu.
Sie gibt dir ein bescheidenes Stipendium
Und glaubt, sie hat dein Schweigen erkauft.
Sprichst du dich gegen sie aus,
Fragt sie, warum du die Hand beißt, die dich füttert.
Schamlose weiße Retterin.
So kalt wie der Schnee, wie ihre Haut.
Schöne kalte Retterin;
So giftig wie das blaue Zyanid in ihren Augen.

Gedicht 28

Freiheit wieder zu schreiben

Oh, was für eine Freude und Dankbarkeit
Mich für eine Weile aus der Welt zu entfernen;
Ich schließe die Tür zu meinem Schreibzimmer,
Sitze an meinem harten Holzschreibtisch,
Gieße heißen Tee mit Milch und Zucker auf,
Hole meinen Stift und frisches Papier heraus,
Um mein verbittertes, in Trümmern liegendes Herz zu reinigen.
Oh, was für eine Freiheit anders zu denken;
Mit Worten Kriege zu führen und zu gewinnen,
Lass dem Wahnsinn mit Stift auf Papier freien Lauf:
Lass dem Schmerz über Ungerechtigkeit freien Lauf,
Lass Wut und Zorn gegen Unterdrückung freien Lauf,
Stürz die korrupten Diebe unserer Steuern,
Zerstör all diese Argumente für den Krieg,
Klag über steigende Lebensmittelpreise,
Organisier und mobilisiere die Massen,
Schreib, schreib, schreib wie wild,
Schreib stundenlang ohne Pause,
Bis das Herz entlastet ist,
Bis der Geist leichter wird,
Bis die Gefangenen frei sind,
Bis die Freiheit erreicht ist,
Mit Stift und Papier ...
Nur mit Stift und Papier!
Oh, was für eine große Dankbarkeit,
So frei zu sein, den Krieg friedlich zu führen mit Stift auf Papier
Und keine Angst vor Handschellen oder Gefängnis zu haben!
Ach, wie süß ist das Exil:
Frei zu sein, um wieder kritisch zu schreiben!

Gedicht 29

Unmusikalisch

Weit weg von zu Hause
Fragt das Publikum meist
Warum meine Gedichte nicht musikalisch sind.
Unmusikalisch,
Unklassisch,
Nicht-traditionell,
Körperlich,
Guttural,
Auf Bauchhöhe,
Viszeral,
Rhythmisch,
Emotional,
Persönlich,
Nicht-intellektual,
Brutal,
Ohne Kontrolle,
Diabolisch ...
„Warum sind deine Gedichte nicht lyrisch?"
„Sollen deine Gedichte bloß kritisch sein?"
„Deine Gedichte sind nie neutral!"
„Deine Gedichte sind mir unangenehm oder egal!"
Verblüfft zucke ich mit den Schultern, ganz unverbindlich.
Ich lächle in stiller Würde zurück.
Weit weg von zu Hause,
Fragt das Publikum meist
„Warum sind Ihre Gedichte nicht musikalisch?"

Gedicht 30

Queerer Tod in Afrika

Oh Tod,
Süßer Tod – unser Schicksal!
Ich hätte kein Problem mit dir
Wenn du viele Jahrzehnte noch wartetest,
Wenn du mich friedlich aus dem Schlaf trügst,
Wenn du mich schmerzlos aufnehmen würdest,
Behutsam, zärtlich ... mit Würde!

Aber ach, Tod,
Der queere Tod in Afrika ist hart.
Pst – streite nicht mit mir.
Der Kopf von David Kato wurde von einem Hammer getroffen.
Seine Hirnmasse lag warm auf dem kalten Boden,
Als David um seine letzten Atemzüge kämpfte.
Dieser gewaltsame Mord
Durch die Hand seines Geliebten
Hat allen Queers Angst eingejagt.

Der queere Tod in Afrika ist hart.
Pst – streite nicht mit mir.
Trinidad Jerry wurde bei lebendigem Leib verbrannt.
Eine Benzinbombe wurde in den kahlen Unterstand geschleudert.
Heiße Flammen verbrannten Trinidad und Jordan.
Ihre Verbrennungen dritten Grades blieben tagelang unbehandelt.
Zwei queere Flüchtlinge verbrannten während des Asyls.
Als Trinidad starb
Weinten alle queeren Afrikaner.

Der queere Tod in Afrika ist hart.
Pst – streite nicht mit mir.
Edwin Chiloba wurde erdrosselt.
Sein Mund mit schmutzigen Socken vollgestopft.
Sein Gesicht mit einem Streifen Jeansstoff zugebunden.
Sein langer Leichnam wurde in eine Metallkiste gestopft.
Die Metallbox wurde am staubigen Straßenrand abgestellt.
Tot und verlassen in einer Metallbox am Straßenrand.
Dieses Verbrechen aus leidenschaftlicher Wut
Afrikas Queers sind empört!

Der queere Tod in Afrika ist hart.
Pst – streite nicht mit mir.
Sheila Lumumba wurde auf mysteriöse Weise tot zu Hause aufgefunden.
Auf mysteriöse Weise tot?
Tot auf mysteriöse Weise?
Welche Mörder vergewaltigen erstmal in Gruppen?
Warum ein Bein brechen und überall hinstechen?
Eine weitere Statistik?
Ein weiterer Hashtag?
Ein weiterer brutaler queerer Tod in Afrika ...

Der queere Tod in Afrika ist hart.
Pst – streite nicht mit mir.
Fanny Ann Eddy wurde in ihrem Büro ermordet.
Eines Nachts wurde sie bei der Arbeit überfallen.
Ihre Mörder versuchten, sie zum Schweigen zu bringen.
Sie, die sagte: „Schweigen macht verletzlich".
Sie hat das Schweigen über queere Afrikaner gebrochen,
Sie starb bei der Arbeit eines brutalen Todes.

Oh Tod,
Bitterer Tod – unser Zeugnis!
Wann werden Afrikas Queers
Leben ohne Angst vor dem brutalen Tod?

Gedicht 31

Das Geheimnis der Witwe

Langsam,
Liebevoll,
Fahre ich mit meinen Händen über deine ruhige Gestalt.
Du bist schön im Tod ...
So schön, wie du zu Lebzeiten warst.
Dein trotziges Schweigen im Tod
Erinnert an die Stille in deinem Inneren im Leben.
Dein störrisches Kinn ist noch immer erhoben, selbst im Tod,
Sie fordern mich auf, das Schweigen zu brechen,
Stacheln mich an, dein Geheimnis zu lüften.
Unsere Ehe ist die Tarnung, die du wähltest.
Als ich deinen wahren Liebhaber entdeckte,
War ich sehr eifersüchtig auf ihn.
Aber meine Liebe zu dir
Erlaubte mir, dich ihn lieben zu lassen,
So wie ich dich zutiefst geliebt habe.
Ach, mein Mann, mein Liebster, ich kann mich nicht beklagen.
Du hast mich sehr geliebt.
Du hast unsere Kinder noch mehr geliebt.
Und ihn hast du am meisten geliebt.
Er sitzt draußen mit den Männern ...
Trägt dein Geheimnis in seinem schlagenden Herzen.
Ich bin hier, allein mit dir.
Dein Geheimnis liegt schwer zwischen uns;
So schwer, wie es auch immer war, als du noch lebtest.
Und so schließe ich, ein letztes Mal,
Meinen Frieden mit dir.
Ich werde dich in Ehren begraben.
Ich werde dein Geheimnis auch im Tode ehren.
Ruh dich gut aus, mein Mann.

Gedicht 32

Begrabt mich mit Poesie

Ich bin tief in deinem Herzen begraben
Als liebgewonnene Erinnerung,
abgezupft, eingelegt und eingepackt.
Wir haben viele Jahre zusammen verbracht.
Und wenn ich sterbe,
Kauf mir einen einfachen Sarg;
Einen, der sich schnell zersetzt.
Leg mich hinein,
Bevor der rigor mortis einsetzt.
Reibe mich ein
Mit süßen Ölen,
Mit Eukalyptusblättern infundiert.
Brenn Moschus-Weihrauch ab
Um unseren Ahnen mein Kommen anzuzeigen
Und füll meine Nasenlöcher mit dem feinen Duft,
Ein letztes süßes Mal.
Wickel mich fest
In braunen Rindenstoff
Gemacht aus dem Mutuba-Baum,
So wie meine Ahnen eingewickelt waren
In Vorbereitung auf ihre Beisetzung.
Steck eine Sicherheitsnadel unter meinen Kopf
Und gieße Kokosnussöl auf meine Dreadlocks.
Färb meine Lippen ein mit lila Lippenstift.
Mal meine Augenbrauen mit braunen Stiften an.
Ja: Lass uns eitel sein und schön,
Ein letztes Mal, bevor ich mich den Ahnen anschließe.
Feiert ein Fest mit Essen, Trinken und Musik.

Versammle meine Freunde und Liebhaber um mich.
Anstelle der frommen Kleriker,
Ruft Dichterinnen und Dichter um meinen Sarg zusammen.
Lasst uns ein letztes Mal gemeinsam unsere Gedichte lesen.
Senkt meinen Sarg dann in die braune Erde
Zu den Klängen dieser Dichter:innen, die Gedichte rezitieren.
Begrabt mich an diesem Tag mit unsterblicher Poesie.

Gedicht 33

Kaputter Reisekoffer

Ich klammere mich immer noch an meinen kaputten Koffer,
Risse hier und Flecken dort,
Ein fehlender Reißverschluss entblößt seine schmutzigen Zähne,
Ein weiterer Reißverschlusskopf durch geflochtene Wolle ersetzt;
Handgeflochten von meiner Teenager-Tochter als Souvenir ...
Ein schiefes, wackliges viertes Rad,
Das macht meinen guten alten Koffer schlapp.
Die einst so leuchtend schwarze Leinwand – jetzt ist sie blass,
Hässliche Flecken, die ein Waschmittel hinterließ,
Hässliche Kratzer, von der Desinfektionsmittelbürste,
Ja: Fremde Menschen fürchten Infektionen von Außen ...
Gips hält den Ausziehgriff gerade noch zusammen,
Dennoch klammere ich mich an meinen Koffer.

Ich klammere mich immer noch an meinen kampferprobten Koffer,
Denn er erinnert mich an mein abgenutztes Ich.
Ein ungeschriebenes Memorandum über die Mühen und Triumphe
des Exils.
Ins Unförmige geschlagen und beschädigt,
Steht mein geliebter Koffer doch immer noch stolz da,
Obwohl er an Farbe und Schönheit verloren hat.
Ich schätze diesen Koffer mehr als alle Wertsachen,
Denn ich trug ihn bei mir, als ich zum ersten Mal ins Exil floh.
Er war immer an meiner Seite, wenn ich Grenzen überschritten habe.
Er war der Zeuge meiner Schande bei abgelehnten Visumanträgen.
Er verbarg meine menstruationsbefleckte Unterwäsche während des
Transits.
Er dämpfte meine Panik bei militärischen Grenzkontrollen.

Er teilte meine Angst, als mein Kind positiv auf COVID 19 getestet wurde.
Er hat meine Hoffnung aufrechterhalten, als mir meine Kinder entrissen wurden.
Er hat meine Freude über das Wiedersehen mit meinen Kindern beobachtet.
Er trägt nun meine Träume von einem baldigen Wiedersehen mit meinem Liebsten.
Obwohl er leblos ist, ist mein Koffer ein guter alter Freund.

Gedicht 34

Sie töten uns!

Sie töten uns zu Hause.
Sie töten uns im Exil.
Sie töten uns auf der Straße.
Sie töten uns in ihren Akten.
Sie töten uns in ihrem Parlament.
Sie töten uns von ihren Kanzeln aus.
Sie töten uns in den Friseursalons.
Sie töten uns in ihren Hörsälen.
Sie töten uns mit ihrer Politik.
Sie töten uns ohne ihre Finanzierung.
Sie töten uns durch ihre Gesetze.
Sie töten uns mit ihren bloßen Händen.
Sie töten uns mit scharfen Rasierklingen.
Sie töten uns mit ihren Urteilen.
Sie töten uns mit ihren Predigten.
Sie töten uns auf ihren Toiletten.
Sie töten uns mit unseren Pässen.
Sie töten uns durch ihre Politik.
Sie töten uns mit ihren Außenbeziehungen.
Sie töten uns mit ihren Pronomen.
Sie töten uns mit ihrem Sprachgebrauch.
Sie töten uns mit ihren Kategorien.
Sie töten uns mit ihren Eingriffen.
Sie töten uns durch ihren Exorzismus.
Sie töten uns, wenn sie uns vergewaltigen.
Sie töten uns, wenn sie uns heilen.
Sie töten uns durch erzwungene Analuntersuchungen.
Sie töten uns in Zeitungsartikeln.

Sie töten uns in ihren Fernsehern.
Sie töten uns in ihren Radiosendungen.
Sie töten uns in ihren Liedern.
Sie töten uns in ihren Romanen.
Sie töten uns in ihren Gedichten.
Sie töten uns in ihren Spielen.
Sie töten uns in ihren Bildern.
Sie töten uns auf ihren Fotos.
Sie töten uns in ihren Filmen.
Sie töten uns in ihren Karikaturen.
Sie töten uns auf ihre Weise.
Sie töten uns in ihrem Sport.
Sie töten uns in ihren Archiven.
Sie töten uns in ihren Museen.
Sie töten uns in ihren Geschichten.
Sie töten uns durch Selbstmord.
Sie töten uns durch Verleugnung.
Sie töten uns durch Auslöschung.
Sie töten uns, indem sie uns zum Schweigen bringen.
Sie töten uns durch Unsichtbarmachung.
Sie töten uns durch Zwangsheirat.
Sie töten uns mit der obligatorischen Elternschaft.
Sie töten uns mit ihren Psychopharmaka.
Sie töten uns in ihren Gebeten.
Sie töten uns durch erzwungene Bekleidungsvorschriften.
Sie töten uns durch Anstand.
Sie töten uns mit ihren Benzinbomben.
Sie töten uns mit ihrer Beschämung.
Sie töten uns auf unseren Beerdigungen.
Sie töten uns in unseren Nachrufen.

Sie töten uns bei Familienfeiern.
Sie töten uns bei ihren Gedenkfeiern.
Und selbst wenn wir sterben,
Töten sie uns durch falsches Gendern.
Sie nennen uns bei unseren toten Namen.
Sie töten uns in ihren Formen des Erinnerns.

Gedicht 35

Meine schwarze Haut

Schwarze Haut sitzt bequem auf mir.
Meine schwarze Haut ist nicht zu eng zum sich darin wohlfühlen.
Schwarz und seidig und glatt und sinnlich,
Schöne schwarze Haut voller Melanin,
Schwarz und rein und frei von Giftstoffen.
Schwarzsein ist weder Krankheit noch Minderwertigkeit.
Starke schwarze Haut, die einen natürlichen Schutz braucht.
Versteckt nicht die Sonnencreme vor mir.
Schwarz bricht nicht – das ist wahr~
Dennoch ist Schwarz so menschlich wie jeder andere Mensch.
Schwarzsein, das stolz von mutigen Vorfahren weitergegeben wurde.
In Legenden von Vorvätern und Vormüttern überliefert.
Denn sie haben sich all den Verwerfungen gestellt und gewonnen!
Tapfere und mutige Krieger, Jäger und Bauern.
Sie kämpften gegen Feinde, jagten Beute und bekämpften Dürren und Schädlinge.
Meine schwarze Haut ist kein Zeichen von Schwäche oder Dummheit.
Gesunde schwarze Haut, für die man sich nicht grundlos schämen sollte.
Sauber und immer noch sehr schwarz – nicht aufgehellt für irgend jemandes Zustimmung,
Saubere schwarze Haut – nicht in der Dunkelheit beschmutzt.
Rigoroses Schrubben mit Bleichmitteln wird mich nicht umstimmen.
Meine schwarze Haut ist weder dreckig noch verbrannt,
Schwarzsein ist eine Ganzheit, die keiner Erklärung mehr bedarf.
Meine schwarze Haut muss keine Einladung für dich sein.
„Neeeeein, bitte nicht anfassen, Fremder!"

Meine schwarze Haut ist kein Museumsexponat, das man beglotzt.
Manche Menschen sind perfekt und schwarz.
Auch meine schwarze Haut ist menschlich.

Gedicht 36

Flugzeuge in meinem Mund

Siehst du die Flugzeuge
Fliegen aus meinem Mund?
Große langflügelige Metallvögel,
Die lebendig werden im Schoß meines Mundes!
Dringend, wütend und aufbrausend!
Voller Verlangen jetzt abzuheben...
Flieht! Entkommt! Lauft schnell, jetzt...
Mein Mund ist eine Startbahn ins Exil.
Mein Stift friert ein, was mein Mund ausspuckt.
Mein Stift ist Treibstoff für Flugzeuge, die aus meinem Mund fliegen.

Hörst du nicht die Flugzeugtriebwerke,
Ihr rasselndes Chok-Chok, Chok-Chok,
Chok-chok in meinem Mund?
Leistungsstarke Verbrennermotoren,
Die in den heißen Kohlen meines Mundes brennen?
Ungeduldig, entschlossen und aufheulend!
Stolz darauf, jetzt zu gehen...
Los! Geht! Lauft fort, jetzt...
Mein Mund ist eine Startbahn ins Exil.
Mein Stift friert ein, was mein Mund ausspuckt.
Mein Stift ist Treibstoff für Flugzeuge, die aus meinem Mund fliegen.

Codetta:
Wer braucht Verbannung oder Ausweisung
Wenn man von Pforten zum Exil spricht?
Wer braucht Umsiedlung oder Vertreibung?
Wenn man die Flughäfen ins Asyl schreibt?

Gedicht 37

Mein Lächeln ist eine Waffe

Mein Lächeln ist eine Waffe,
Es schießt auf die, die uns unterdrücken.
Sie sperrten mich ein, um mir eine Lektion zu erteilen,
Ich lächelte auch, als sie mir Handschellen anlegten, um uns zu unterdrücken.
Selbst im Gefängnis habe ich immer gelächelt,
Wühlte Fragen auf bei den Gefängniswärterinnen im Dienste der Unterdrücker.
Mein Lächeln blieb, als ich die Gefängnisuniformen trug,
Verwirrte diejenigen, die uns bestrafen und schwächen.
Ich lächle wie ein hässlicher Mann, der vor kurzem eine Liebesnacht bekam,
Denn ich genieße die Segnungen derer, die uns segnen.
Lächeln kostet nichts, ist eine freie Gabe,
Befreit Gefangene, die von den Stressoren dieser Welt gekerkert werden!
Lerne, deinen Weg in die Freiheit zu lächeln
Und schüttle all die Sorgen ab, die uns bedrücken.
Ich lächelte sogar, als das Gefängnis mir die medizinische Versorgung verweigerte.
Nachdem ich während der Folterung durch die Wärterinnen eine Fehlgeburt erlitt.
Und so lächle ich täglich wie eine Waffe
Um diejenigen zu überraschen, die versuchen, uns zu brechen!

Gedicht 38

Wer trägt Crocs im Winter?

Geliebte Plastikschuhe,
Sohlen aus Gummi,
Offene Absätze mit Riemchen,
Die Oberseite mit Löchern versehen ...

Drei Paar schwarze Füße,
In sechs Crocs bei „Ankunft“
Tief im Januarwinter,
Dreißig gefrorene schwarze Zehen ...

Meine rebellischen Kinder,
Ungeschult darin, wie weich der Schnee fällt,
Landeten ihre afrikanischen Füße
Im deutschen Winter in Sandalen.

Fröstelnd wurde ihr Erwachsenwerden überprüft.
Wer sagt denn, dass Mütter keine Besserwisser sind?
Wer trägt denn Crocs im Winter?
Nur ahnungslos verbohrte unbelehrbare Seelen!

Gedicht 39

Weiche Schneeflocke

Weiche Schneeflocke,
Nach links geblasen,
Nach rechts geblasen,
Schwerelos getragen ...
Ich werde in diese Richtung geschleudert,
Und dann in jene Richtung geschleudert
Während ich meine Papiere durchgehe:
Zulassungspapiere,
Prozesspapiere,
Papiere, die meine Menschlichkeit legitimieren,
Papiere, die meine Rechtmäßigkeit anerkennen,
Papiere, die mir möglicherweise Zugehörigkeit zuerkennen,
Papiere, die mir möglicherweise meine Zugehörigkeit aberkennen,
Durch lange, entfremdende Korridore,
Eine beängstigende Treppe hinauf, die nie endet,
In schmuddelige Büros mit biometrischen Maschinen,
Befragt durch Fremdsprachensprecher,
Übersetzt für und zurückübersetzt für,
Immer wieder als Aktenzeichen adressiert,
Gut geübt im Zurückhalten der ungefilterten Erwiderungen,
Die Verarbeitung des Schweigens der Einwanderer.
Die Behandlung als Einwanderer entmenschlicht.
Die Bearbeitung als Einwanderer wird härter.
Auch Einwanderer bluten rotes Blut.
Einst eine puderweiche Schneeflocke,
Jetzt zu bitteren Gletschern erstarrt.

Gedicht 40

Außerhalb meines Küchenfensters

Außerhalb meines Küchenfensterecks
Sind die Bäume mit Schnee bedeckt,
Die Temperaturen wirklich niedrig,
Grade bei Null und darunter, widrig.
Und doch beschließe ich zu leuchten,
Wegen der Wahrheiten, die alles bedeuten.
Produktionen im Winter sind langsame Praxen,
Für mich ist es die beste Zeit, um zu wachsen.
Der Blick aus meinem Fenster, fast wie ein Flachsen.
Ich spüre, wie mein Frieden und mein Staunen wachsen.

Codetta:
Wer sagt, dass ich nicht reimen kann?
War das ein Gedicht deiner Mutter?

Gedicht 41

Gestern sah ich das hässliche Antlitz der Altersdiskriminierung

(I)
Ich bin eine späte Vierzigjährige,
Drei Jahre vor einer Fünfzigjährigen.
Ich lebe frei, sicher und geborgen im Exil.
Gestern sah ich das hässliche Gesicht der Altersdiskriminierung.
Ihre unheimlichen Tentakel streckten sich aus, um mich zu
verschlingen.
Sie packten mich in meinem Innersten.
Sie haben mich gequetscht, gewürgt und belästigt.
Sie haben mich erstickt – und mich bis an den Rand gedrängt.
Es hat mich völlig aus den Angeln gehoben.
Meine Schrauben und Bolzen sind gelockert.
Mein Wertesystem ist bis ins Mark erschüttert.

(II)
Mein Kopf dreht sich und dreht sich und dreht sich ...
Und dreht sich durch Erinnerungen an schwarze Freude:
Ich halte kurz bei den Gesichtern meiner Ahnen inne.
Mein Vater wäre heute 78 Jahre alt geworden.
Meine Mutter wäre heute 76 Jahre alt.
Der Vater meines Vaters wäre in den Neunzigern.
Der Vater meiner Mutter ein Hundertjähriger.
Zu meinen Onkeln und Tanten gehören Sechzig-, Siebzig-,
Achtzigjährige.

(III)
Zu Hause verehren und respektieren wir die Älteren.
„Bukadde magezi“, sagen meine Leute voll Bewunderung.

Zu Hause kümmern wir uns um unsere alten Verwandten;
Wenn sie nicht mehr allein leben können,
Leben wir mit ihnen in unseren Häusern als Familie.
Wir schicken ihre Enkelkinder, um zu helfen.
Wir werfen unsere Alten nicht in sanitären Heimen ab,
Wo angestellte Krankenschwestern ihre Blöße waschen.
Es kann ihnen an Brillen, Hörgeräten und Gehstöcken fehlen,
Dafür haben sie unsere Umarmung, unser Lachen und Schnarchen.

(IV)
Zu Hause, wo die Natur gedeiht, schätzen wir unsere Älteren.
Wir schätzen sie sehr tief und innig.
Genau wie eure gut gefüllten Bibliotheken
Sind die Ältesten heilige Hüter unserer Geheimnisse.
Die Ältesten sind die Archive unserer ungeschriebenen Geschichte.
Wir wenden uns an sie, um Wissen über unsere Vergangenheit zu erhalten.
Wir befragen sie nach der Weisheit unseres Erbes.
Wir verehren sie – vielleicht zu sehr, ohne zu fragen!

(V)
Und so war ich als Schriftstellerin, die im Exil lebt,
Auf der Suche nach Gemeinschaft und Mentorschaft,
Auf der Suche nach Möglichkeiten und Gemeinschaft,
Auf der Suche nach Sicherheit und Führung,
Entsetzt über die praktizierte Altersdiskriminierung.
Mein natürlicher Club der Vierzigjährigen,
Der die Achtzigjährigen beschimpft, verspottet, lächerlich macht ...
Die machtbesessenen Vierzigjährigen
Beschimpfen online und offline die Neunzigjährigen.

(VI)
Zugegeben: Der PEN Deutschland hat viele ältere Schriftsteller,
aber ist das Alter eine Krankheit, ein Übel, ein Unglück?
Ist ein älteres Alter eine Anklage oder eine Form des Versagens?
Kann das Alter in irgendeiner Weise wertvoll sein?
Ist „Bukadde magezi" nur in meiner Heimat sinnvoll?
Ist „Bukadde magezi" für immer nur eine Illusion im Exil?
Ist das Alter nur in der Heimat eine Währung, wo es selten ist?
Verliert die Währung an Wert, wenn sie im Überfluss vorhanden ist?

(VII)
Zu Hause wird Altersdiskriminierung im Allgemeinen verabscheut.
Man lehrt uns, ältere Bürger nicht zu diskriminieren.
Im Exil gedeiht die Altersdiskriminierung sogar unter den Eliten.
Vor kurzem habe ich die hässliche Fratze der Altersdiskriminierung
gesehen.
Der Altersdiskriminierung haftet die Fassade des Zeitgemäßen an.
Der Altersdiskriminierung haftet der Anschein an, dass sie die Zeit
bestimmt.

(VIII)
Können wir zeitgemäß sein und trotzdem die Alten ehren?
Können wir mit der Zeit gehen und dennoch unsere Alten
respektieren?
Muss meine Generation die Alten unbedingt bekämpfen?
Muss meine Generation die Alten unbedingt verdrängen?
Ich bin eine Vierzigjährige;
Drei Jahre vor einer Fünfzigjährigen.
Gestern habe ich im Exil das hässliche Gesicht
der Altersdiskriminierung gesehen.

Gedicht 42

Säuberung des Präsidiums von Türken

Wildes Haar wie die Wellen einer stürmischen Nacht,
Zottelige Gesichtsbehaarung,
Dunkler aristokratischer Schnurrbart,
Grauweißer Bart,
Tiefschwarze Leidenschaft,
Laute Stimme, die immer lauter wird
Und lauter mit dem Finger zeigt,
Glitzernde Augen wie Diamanten,
Iris, die hin und her huscht,
Schnelles Denken offenbart,
Augen, die sich intensiv fokussieren,
Brennende Intensität,
Tränen, die vor Rührung in die Augen steigen,
Eine Stimme, die leidenschaftlich ist, mit emotionsgeladener Logik,
Eine Stimme, die edle Träume ausdrückt,
Eine Stimme, die dringend eine große Vision artikuliert:
Schnelle Hilfe für Schriftsteller in Krisen,
Notfallevakuierungen für verfolgte Schriftsteller,
Flexible Systeme, die die Bürokratie überflüssig machen,
Die Maximierung jedes Cent aus staatlichen Mitteln,
Die Intensivierung wirksamer Programme ...
Präsident Deniz Yücel träumt von etwas Gutem.
Ein ehemaliger Häftling in einem türkischen Gefängnis.
Er kennt den Schmerz des Gefängnisses aus erster Hand,
Identifiziert sich mit den Risiken bedrohter Schriftsteller,
Gefahren, die an seine eigene Verletzlichkeit erinnern,
Seine frühere Unsicherheit wieder aufleben lassen.
Schokoladenleidenschaft bringt den Status Quo durcheinander,

Kräuselt die reinen, weißen Federn alter deutscher Macht,
Die laute Stimme stört die Herzlichkeit,
Sie schreit Kollegen und Untergebene an,
Die braune Stimme schüchtert zerbrechliche weiße Frauen ein,
Die braune Stimme prangert die Ineffizienz der Weißen an,
Die braune Stimme dröhnt im Rhythmus brauner Fingerklicks,
Die braunen Finger klicken, schnippen, schnicken kraftvoll,
Die braunen Finger wedeln vor der weißen Vorherrschaft,
Die braunen Finger tippen braune Wörter in braune E-Mails,
Die braunen E-Mails, in denen er alte weiße Männern beschimpft,
Die braunen E-Mails sind absichtlich durchgesteckt,
Die braunen E-Mails voller russischer Sprichwörter,
Die braunen E-Mails mit ihrem tiefschwarzen Humor und der Satire,
„Der große Elefant im Raum!",
Die großen alten Elefanten halten sich an winzigen Räumen fest,
Nilpferde jagen Elefanten,
„Rettet die Elefanten!" So schreit es auf Protestplakaten,
Silberrückengorillas und Elefanten fehlt es an Gift,
Besser ein Elefant sein als ein Taipan oder die schwarze Mamba,
Lieber ein Nilpferd sein als eine Puffotter,
Besser ein Silberrückengorilla als eine Kobra,
Durchgesteckte braune E-Mails, die den Bürokrieg eskalieren lassen,
Durchgesteckte braune E-Mails, Nebenschauplatzkriege ...
In einer Teetasse braut sich der Dritte Weltkrieg zusammen,
Die perfekte Falle, um Nazi-Rassismus wiederzubeleben,
Arische Deutsche gegen die anderen,
Ist Deniz Yücel Deutscher?
Ist er wirklich ein richtiger Deutscher, nicht Jude oder schwarz?
Aaaaah, er ist Deutsch-Türke?
Ist er Deutscher oder Türke oder Türkischdeutscher?
Im Stil eines echten Sensationsjournalismus,

Beeinflusste sein schwarzer Humor den kurzen Abschiedsgruß:
„Der PEN hat sich von Türken und Schwulen und Usurpatoren…"
Ist das Drama im PEN Deutschland eine rassistische Säuberung?
War es eine Säuberung von Türken aus dem Präsidium?
Ist ein Türke zu dunkel für die Vorherrschaft der Weißen?
Macht sich dieser Türke lediglich rassistische Motive zu eigen?

Gedicht 43

Oh, Joachim!

Oh, Joachim, wie sehr blutet mein Herz für dich!
Nachdem sie dich als Schatzmeister abgewählt hatten,
Jubelten diese alten weißen Männer und Frauen.
Nachdem sie ihre Stimmen in den Hut warfen, um dich rauszuwerfen,
Johlten diese alten Hetero-Männer und -Frauen.
Nachdem sie ihre Stimmen schenkten, ohne zweimal nachzudenken,
Tranken diese alten weißen, heterosexuellen Deutschen Bier!
Nach der Wahl, die dich aus dem Amt warf,
Hoben sie gemeinsam die Hände, um ihre Angst zu besänftigen.
Oh, Joachim, was hast du ihnen angedroht?
Oh, Joachim, wie hast du sie eingeschüchtert?
Hatten sie Angst, du hättest sie kontaminiert?
Blüht die Homophobie nach Nazi-Deutschland immer noch?
Lebt die verkappte Homophobie im PEN-Deutschland weiter?
Wurdest du aufgrund von Homophobie abgewählt?
Wurdest du aufgrund deiner Leistung abgewählt?
Wurdest du abgewählt, weil du die Wahrheit ausgesprochen hast?
Wird man auch hierzulande bestraft, wenn man der Macht
die Wahrheit sagt?
Oh, Joachim, meine Fragen kommen aus Unwissenheit,
Aber mein Schmerz kommt aus dem Hass auf die Homophobie.
Wie sehr blutet mein Herz für dich, Joachim!

Gedicht 44

Die alte Garde ist langsam und faul!

Boom-chaka-cha,
Boom-boom!
Ruft
Laut
Presto ... presto ...
Im Stakkato
Crescendo
So schwillt die Lautstärke an,
Schwillt ... schwillt ... schwillt noch etwas an,
Verabschiedet die alte Garde,
Egal ob jung oder alt:
„Du bist zu langsam und faul, um uns zu führen!“
„Deine gebrochenen Hüften und verrenkten Knie halten uns auf!“
„Deine gebrochenen Knochen knarren wie kaputte
Schreibmaschinentasten.“
„Deine staubigen Auszeichnungen spiegeln dein hängendes Gebiss!“
„Deine Verstopfung ist das Echo deiner Schreibblockade!“
„Deine dichten Lebensläufe sind so sexy wie Traktoren.“
„Deine Bücher sind zu alt, um uns zu beeindrucken!“
„Deine Verleger sind zu obskur, um uns zu begeistern!“
„Deine Self-Publishing-Regale sind lächerlich!“
„Ihr könnt nicht twittern, instagrammen oder tiktoken!“
„Ihr seid zu sehr in altem Gold verhaftet, um denkend mit uns
standzuhalten!“
„Euer altes Weißgold bewegt uns nicht!“
„Eure Bürokratie behindert unser Tempo!“
„Eure Entscheidungsfindungsprozesse entmannen uns!“
„Eure Demokratie des Handerhebens stinkt wie ein Furz!“

„Eure Mitarbeiter sind zu langsam und zu faul, um mitzuhalten!"
„Eure Mitarbeiter stempeln immer noch ab und ein und aus – Herrje!"
„Eure Mitarbeiter sind zu sehr auf alte Gewohnheiten fixiert!"
„Eure Methoden sind zu veraltet für unser Dotcom-Zeitalter!"
„Ihr seid tanzende Eisklötze in unseren Augen!"
„Ihr tanzt um stinkende Würstchenbuden!"
„Ihr hindert uns an unserer Superschallgeschwindigkeit zum Ruhm."
Pronto ... pronto ...
Allegro .... .
Dreht die Lautstärke auf ...
Mikrofon ab!

Gedicht 45

Warum bist du nach Paris geflogen?

In Gotha musste ich böse lachen,
Als dem Präsidenten eine schwierige Fragen gestellt wurde;
Als der Präsident gebeten wurde zu erklären,
Warum er einen teuren Flug genommen hat.
„Warum sind Sie mit dem Flugzeug nach Paris geflogen,
Anstatt den Zug zu nehmen?"
Ja, oh ja, bitte erklären Sie:
Warum Sie mit dem Flugzeug nach Paris geflogen sind,
Anstatt den Zug zu nehmen.

Er schüttelte ungläubig den Kopf.
Der Präsident kehrte aufs Podium zurück
Und erklärte mit Leidenschaft und Trauer:
Er habe das Flugzeug genommen, um eine verbannte Autorin
abzuholen,
Eine Südsudanesin, die aus einer sicheren Unterkunft vertrieben
worden war
Und nun allein im kalten Pariser Winter zitterte,
Die nun erneut die Traumata früheren Hasses erlebte,
Gestrandet auf dem Weg zu unserem Programm für Schriftsteller.

„Es ist absurd, dass ich das erklären muss,
Aber ich beschloss, mit dem Flugzeug nach Paris zu fliegen
Anstatt den Zug zu nehmen,
Weil unser Gastautor wieder gestrandet war
Und Angst hatte, allein in den Schmerz des Exils zu reisen.
Ich reiste mit dem Flugzeug an, aber wir kehrten mit dem Zug zurück."

In Gotha hörte ich am letzten Wochenende
Das höhnischste Gelächter der Verachtung
Nachdem der Präsident erklärt hatte,
Warum er mit dem Flugzeug nach Paris reiste,
Anstatt den Zug zu nehmen.
Sein Publikum tat die Geschichte über den Schmerz ab!
Das Kichern seiner Wähler bot den harmonischen Refrain.
Es fällt mir sehr schwer zu erklären,
Wie ihr einstimmiges Kichern mir das Gefühl gab, hier fremd zu sein,
Wie ihr Kichern mich daran erinnerte, dass ich von auswärts bin!
Dürfen Ausländer nicht menschlich sein?
Wird von Ausländern erwartet, dass sie Angst und Schmerz
    nicht kennen?

In Gotha erstarrte ich in traurigem, leisem Lachen
Nachdem ich mit meiner südsudanesischen Schwester
    gesprochen hatte
Und sie gebeten hatte, mir besser zu erklären
Warum sie glaubte, dass der Präsident das Flugzeug genommen hat
Anstatt mit dem Zug nach Paris zu fahren.
Als wir in Gotha saßen und miteinander sprachen
Fühlte ich total mit ihr und glaubte ihr.
Nichts rechtfertigte das kollektive Kichern,
Es sei denn, vielleicht, die fremdenfeindliche Angst vor Außenseitern.

Gedicht 46

Deniz, der einsame Wolf!

Elefanten
Große Elefanten
Große alte Elefanten
Große alte weiße Elefanten
Große alte weiße Elefanten in einer Herde
Große alte weiße Elefanten in einer Herde in einem Zoo
Ein Krieg zwischen Elefanten und Flusspferden
Flusspferde gegen Elefanten im Zoo
Flusspferde jagen Elefanten
Flusspferde bedrohen Elefanten
Flusspferde und Elefanten
Flusspferde in der Jugend
Flusspferde an der Macht
Flusspferde pläneschmiedend
Silber-rückiger Gorilla ...
Da in Gotha zoologische Metaphern regierten
Dachte ich über meinen Freund nach
Der einsame Wolf an der Spitze dieses Dschungelkriegs
Der einsame Wolf an der Spitze des ganzen Rudels
Der einsame Wolf, der zum Präsidenten gewählt wurde
Der einsame Wolf, der die Einzelhaft überlebt hat
Der einsame Wolf, der es gewohnt ist, Diktatoren verbal
zu bekämpfen
Der einsame Wolf im deutschen Journalismus
Der einsame Wolf, der für die Freiheit des Schreibens kämpft
Der einsame Wolf, der für freie Meinungsäußerung kämpft
Der einsame Wolf, der keine Angst vor Alleingängen hat
Der einsame Wolf, der keine Angst vor unpopulären Meinungen hat

Der einsame Wolf, der keine Angst vor riskanten Meinungen hat
Der einsame Wolf, der schreit, um seine Meinungen zu verteidigen ...
Wer hat meinen Genossen, den einsamen Wolf
An die Spitze einer kollektiven Vereinigung gestellt?
Wer hat meinen Genossen, den einsamen Wolf
An die Spitze des vereinheitlichten Denkens gewählt?
Ist es wahr, dass PEN-Präsidenten sich anpassen müssen?
Müssen PEN-Vorsitzende sich selbst zensieren, um sich anzupassen?
Sind PEN-Vorsitzende Gefangene des Kollektivs?
Kämpfen PEN-Vorsitzende nur dann für Meinungsfreiheit
Wenn dieser Ausdruck das Rudel repräsentiert?
Kannte der PEN Deutschland Deniz, den einsamen Wolf
Als sie ihn in ihr Präsidium wählten?
Kannte der PEN Deutschland Deniz, den Ex-Gefangenen
Als sie ihn in ihre Führung wählten?
Kannte der PEN Deutschland Deniz, den Journalisten
Als sie ihn für seine riskanten Ideen bestraften?

Gedicht 47

Laut schreiende Anwälte!

Im hinteren Teil des Saals sitzend,
Verwandelte sich meine Haut in die eines Krokodils;
Raue Gänsehaut breitete sich auf mir aus ...
Das Grauen sank mir hart in die Magengrube,
Horror schnitt meine Luftröhre ab,
Drohte mich langsam zu ersticken.
Ich erstarrte, verzehrt von dieser verletzenden Zeugenschaft!
Ein Anwalt mit grob anklagend erhobenen Fingern,
Stetig die Lautstärke seiner Anschuldigungen steigernd,
Erklärte das PEN-Treffen in Gotha für illegal,
Und beschuldigte die Organisatoren der Illegalität.

Der PEN-Vorsitzende
Ließ sich nicht lumpen
Und stieg kopfüber in den Ring.
Das Duell der messerscharfen Worte schnitt hierhin und dort,
Feurige Worte blitzten hell auf wie Schwerter,
Hässliche Worte wurden auf dieser und jener Seite gewechselt.
Aggressive Männerstimmen, die jeden Frieden zerstörten.
Vorwürfe und Gegenvorwürfe flogen hin und her!
Der Morgen begann mit einem großen Knall!
Der Anwalt stürmte vom Podium
Und stapfte trotzig den Gang entlang.

Die juristische Frage kam meiner Meinung nach zu spät.
Setzt man erst Hunderte von Reisenden aus der Ferne zusammen
Und streitet dann darüber, ob die Sitzung legal ist?
Oder stellt man die Rechtmäßigkeit fest, bevor man den Termin festlegt?

Drei Juristen und ein ganzes Sitzungspräsidium
Debattieren zu spät über die Rechtmäßigkeit dieser Sitzung.
Die Debatte wird mit jedem Zwischenruf hässlicher ...

Legalistische Behauptungen gegen die Stellungnahmen
des Präsidenten
Veranlassten fünf vorangegangene Präsidenten, sich zu verschwören.
Ein gemeinsames Ultimatum für den Rücktritt zu unterschreiben.
Der Präsident sprach entgegen der Charta des PEN,
Aber er hatte im Namen des PEN Deutschland gesprochen!
Sie verlangten, dass er seine öffentliche Äußerung zurücknehme,
Oder sofort von der Präsidentschaft zurücktritt.
Getreu seinem Charakter und mit dem Gespür für Publicity
Nahm Deniz weder seine Meinung zurück noch trat er zurück.

Legalismus kann den Blick auf die Freiheit verstellen.
Steht in der PEN-Charta wirklich, was sie sagen?
Darf ein PEN-Präsident seine unpopulären Ideen nicht äußern?
Egal wie absurd sie sind?
Haben nicht alle Schriftsteller ein Recht auf ihre Meinung?
Legalismus – ein starrer Verfechter von Gesetzen,
Kann alle Freiheit und gesunden Menschenverstand auslöschen!

So wie die Anwälte sich einigten, sich nicht einig zu sein,
Die Sitzung aber durchgehen zu lassen, als wäre sie legal,
Was war so schwierig daran, sich zu einigen, sich nicht einig zu sein
Aber den Präsidenten von PEN Deutschland gewähren zu lassen?
Warum seinen gesamten Vorstand einer legalistischen
Zensur unterwerfen?
Hat der Legalismus nicht allzu sehr das gesunde
Urteilsvermögen getrübt
Als es um den Umgang mit dem Vorstand von Deniz Yücel ging?

Gedicht 48

Drei Präsidenten in einem Jahr

Nachdem ich die Verderbtheit der Diktatur erlebt hatte,
Sehnte ich mich nach den Früchten der Demokratie.
Sechsunddreißig Jahre Musevenistische Staatsursupation
Haben meinen Durst auf den Regimewechsel verstärkt:
Zu lange sehnte ich mich nach der Übergabe des Präsidentenamtes,
Zu verzweifelt sehnte ich mich nach wirklichen Wahlen,
Zu vergeblich betete ich darum, Zeuge eines Machtwechsels
zu werden.

Und dann verließ ich Uganda ...
Ich reiste aus Ostafrika aus.
Ich wanderte aus dem dunklen Herzen Afrikas aus
Und kam naiv und hoffnungsvoll 2022 in Deutschland an!

Als ich mit meinen drei Kindern im Teenageralter hier ankam,
Im bitteren Januarwinter,
Am Ende des COVID-19-Lockdowns,
Kurz bevor Putin in die Ukraine einmarschierte,
War Bundeskanzlerin Angela Merkel gerade abgetreten.
Bundeskanzler Olaf Scholz hatte kaum seinen Stuhl erwärmt.
Wie bewunderte ich diese leichtfüßige Praxis der Demokratie!
Wie sehr schätzte ich diese neu entdeckte Frucht der Zivilisation!

Und dann marschierte Putin in die Ukraine ein,
Direkt vor meinen afrikanischen Augen hier in Europa.
Meine Kinder und ich starrten auf den Fernsehschirm,
Als russische Truppen Bomben auf Kiew warfen.
Ach, meine Illusionen über die Geografien des Friedens!

Ich las über die NATO, die Krim, Russland und die Ukraine.
Ich informierte mich über die Idee einer Flugverbotszone.
Ich las über das Für und Wider einer Sperrung des Luftraums.
Ein direkter Kampf der NATO-Truppen gegen Russland
Würde den brutalen Krieg erheblich eskalieren lassen,
Die Verluste und das Leid der Menschen rasch vergrößern
Die Zerstörung der Gemeinschaften vervielfachen.
Nachdem ich mir meine eigene Meinung gebildet hatte,
Nahm ich an Debatten über diese unglückliche Frage teil,
Hörte mir die frei geäußerten Meinungen dafür und dagegen an.

Die Freiheit, über Weltpolitik zu debattieren, war schön!
Die Freiheit, andere Standpunkte zu vertreten, war schön!
Die Freiheit, anderer Meinung zu sein und trotzdem höflich
zu bleiben, war schön!
Die Freiheit, kontroverse Ideen zu äußern, war schön!
Die Freiheit, zu ihrer Verteidigung oder gegen sie zu schreiben,
war schön!
Oh, wie habe ich die Früchte der Demokratie genossen!

Und dann brachte Deniz Yücel seine starke Meinung zum Ausdruck,
Als es um die Frage ging, wie man die Ukraine am besten
unterstützen könne.
Er äußerte sich zur Idee der Flugverbotszone.
Er äußerte seine unpopuläre Meinung frei.
Er verteidigte seine kontroverse Meinung frei.
Er nahm sein Recht auf freie Meinungsäußerung wahr!
Die Bestürzung über seine Ansicht war aufschlussreich!
Die Mitglieder des PEN Deutschland waren aufgebracht.
Eine Debatte entbrannte – erst privat, später öffentlich.

Und dann ging das skandalöse Spektakel viral!
Ein pentagonales Ultimatum zum Rücktritt wurde gestellt!
Die klatschsüchtige Presse war angezündet. Journalisten wedelten mit den Zungen!
Zeitungen, Zeitschriften, Radios und Fernsehsender kassierten ab.
Online-Plattformen spielten verrückt vor Spott!
„Forderten fünf ehemalige PEN-Präsidenten ihn zum Rücktritt auf?"
„Sind das nicht Präsidenten des PEN, der die Freiheit des Schreibens schützt?"
„Wird der Präsident des PEN Deutschland bestraft für die Ausübung des Rechts auf Meinungsfreiheit?"
Und so ging es weiter und weiter mit den Fragen.
Sarkasmus, Ironie und Satire flossen in Strömen.
Hohn und Spott nahmen zu.
Die Debatte tobte heftig und intensiv.
Die Fronten waren klar gezogen:
Pro Deniz Yücel oder Anti Deniz Yücel!
Auch ich habe mich für Deniz Yücel entschieden.

Und dann war die Komödie vorbei!
Der PEN Deutschland strömte in Scharen nach Gotha.
Das Voting für und gegen Deniz Yücel war eröffnet.
Unglaublich? Aber wahr!
Mit nur knapper Mehrheit wurde er wiedergewählt.
Unglaublich? Aber wahr!
Als der Schatzmeister abgewählt wurde, trat Deniz zurück.
Unglaublich? Aber wahr!
Am nächsten Tag wurde ein Interimspräsident gewählt.
Unglaublich? Aber wahr!

Und so hat PEN Deutschland
In den letzten acht Monaten – also
In weniger als einem Jahr – drei Präsidenten gewählt.
Präsidentin Regula Venske hat mein Stipendium unterzeichnet.
Präsident Deniz Yücel war leitend bei meiner Ankunft zugegen.
Präsident Josef Haslinger ist mein neu gewählter Leiter.

Nachdem ich die Verderbtheit der Diktatur erlebt habe,
Bin ich überwältigt von den drastischen Möglichkeiten
Der Demokratie
Aus dem Volk, für das Volk, durch das Volk ...
Diese Frucht der Demokratie ist zu süß, um schmerzlos zu sein!
Kann Demokratie zu süß sein, um wahr zu sein?
Kann Demokratie zu schnell oder zu langsam sein?

Gedicht 49

Verloren und unsicher

Ich fühle mich verloren
Überwältigt und verloren
Verwirrt und verloren
Wenn ich sehe, wie meine Gastgeberin
Den hohen Preis zahlt
Um ihren Führungsposten zu stabilisieren
Verspottet vom Geist der Demokratie
Ihren Vorstand brät
Die Gläser zum Toast
Auf den Abgang ihres Vorstands erhebt – jetzt geschieden
Mein Gott, es gibt nichts zu rühmen,
Und wie verloren ich mich fühle
Überwältigt und verloren
Verwirrt und verloren
Wieder aus den Angeln gehoben und hin und her geworfen
Zu erschüttert, um mich zu beruhigen
Wie ein Kanu zu weit von der Küste entfernt
Um vor kommendem Frost sicher zu sein
Bei Gott, ich fühle mich so verloren
Wie ein Pflegekind, dessen Eltern sich scheiden ließen
Und von einer mütterlichen Gastgeberin aufgezogen wurde
Die die Männer zu schnell und zum Prost wechselt

Coda:
Was wird bei all diesen schnellen, ungeplanten Veränderungen im Vorsitz des PEN Deutschland bleiben und was wird verloren gehen? Wem dienen diese Veränderungen? Was offenbaren diese Veränderungen? Wer hat die Kontrolle über die Macht in dieser Organisation?

Gedicht 50

Schmerzhaftes Eiterausdrücken

Was für ein hässliches, hass- und schmerzerfülltes
Schuldzuweisungsspiel!
Was für ein giftiges, lautes, konfliktbeladenes, schändliches Zuviel!

Ich war dabei, also sag mir nicht, ich solle ruhig bleiben.
Knebel mich nicht und bring mich nicht mit Stirnrunzeln zum
Schweigen!

Wir ertrugen kollektiv die vergiftete, schmerzhafte Masse weiter.
Die Ausgänge glichen einem schmerzhaften Ausdrücken von Eiter.

Es war so schmerzhaft wie das Einstechen beim Ausquetschen von
Pickeln.
Intoleranten Anschuldigungen, die Grund boten, sich zu wickeln.

Schriftsteller, die um Macht kämpfen, können voller Scheiße sein.
Die Bewältigung wütender Konflikte lassen nach Operationen
schreien.

Konflikte unter Menschen sind natürlich, sie sind keine Sünde.
Jetzt, wo die Operation vorbei ist, bedarf es Heilungsgründe!

Gedicht 51

Mögen unsere frischen Wunden zu Narben werden

Lass uns mit Worten flicken, was zerrissen wurde.
Reinige die Wunde sanft mit salzigen Worten.
Gieße vorsichtig brennendes Jod auf, um die Wunde zu trocknen.
Nähe die saubere, trockene Wunde zärtlich mit Worten zu.
Lege Worte wie Verbände an, um die Wunde zu schützen.
Wende oft weise Worte an, um die Heilung zu unterstützen.
Worte können verwunden und töten,
Aber sie können auch heilen und löten.
Als Schriftsteller im PEN Deutschland ist es unsere Aufgabe
Dafür zu sorgen, dass wir aufstehen, Gutes tun und Hass begraben.
Als Schriftsteller müssen wir nicht an unseren Kriegen sterben.
Mögen unsere frischen Wunden zu Narben werden.

Gedicht 52

Wiederaufbau nach dem Sturm

Wenn man einen Sturm hinter sich hat,
Sind die Energien erschöpft.
Völlig erschöpft und ausgelaugt,
Wünscht man sich vielleicht den Trost des Schlafes.
Aufgewühlt und zerrissen,
Vermisst man vielleicht die Ruhe inmitten des Chaos.
Demoralisiert und niedergeschlagen,
Kann man sich leicht nur auf Verluste konzentrieren und
Gewinne übersehen.

Doch ich erinnere mich an meine Mutter, die christliche Hymnen
Des Stoizismus und der Hoffnung sang.
Sie sang leise in den Stürmen des Lebens
Und sang lauter nach diesen Stürmen.
Einer der Lieblingsrefrains meiner Mutter
Hat mich durch meine eigenen Stürme begleitet ...
Stürme, die ich mit meinen eigenen Kindern teilte.
„Segeln, nach Hause segeln!
Mit Christus in meinem Boot, lächle ich in den Sturm,
Bis er mich nach Hause bringt."
Manchmal, wenn Mama sang,
Ruderte sie mit den Händen
Und wippte mit dem ganzen Körper.

Nach dem Sturm muss man abschätzen, was übrig ist.
Keramiken und Gläser sind empfindlich.
Sie zerbrechen in viele Stücke, die nicht mehr zu reparieren sind.

Bei einem Sturm schützt man sie, wenn möglich, am meisten.
Kleine, nicht so bedeutende Dinge können unüberlegt weggeworfen werden.
Wenn sie nicht gut aufbewahrt werden, können sie für immer verloren sein.
Man muss sie während des Sturms sicher aufbewahren.
Große, harte, starke Gegenstände können schwer fallen.
Ihr Aufprall könnte alles um sie herum beschädigen.
Während des Sturms muss man diese Situation im Auge behalten.
Im Sturm gibt es diejenigen, die man schützen muss:
Es sind die weicheren, empfindlicheren, die verletzt werden.
Es sind die Zarten, Zerbrechlichen, die zerrissen werden.
Es sind die Jüngsten und Ältesten, die am meisten betroffen sind.
Es sind die Minderheiten und die Außenseiter, auf die man einprügelt.
Die Machtlosen müssen vor Machtmissbrauch geschützt werden.
Und ja: Ich habe von Menschen als Gegenständen gesprochen.

Wir nehmen Besen und Mopp, um nach den Stürmen aufzuräumen!
Wir holen Hammer und Nagel, um das Zerstörte wieder aufzubauen.
Wir bauen neu und dekorieren neu!
Wir kaufen vielleicht ein paar neue Dinge, um das Verlorene zu ersetzen.
Wir verbinden und behandeln einige gebrochene Mitglieder.
Wir arbeiten daran, unseren Körper, unseren Geist und unsere Seele zu heilen.
Wir beraten uns gegenseitig und bauen das Vertrauen ineinander wieder auf.
Wir besinnen uns wieder auf unsere Werte und erneuern unsere Beziehungen.

Wir hauchen uns gegenseitig neues Leben ein.
Wir machen Liebe zum Vergnügen oder machen sogar Babys.

Ein neuer Vorstand wurde in aller Ruhe ins Amt gewählt.
Mitglieder, die schon vorher im Amt waren, werden für Kontinuität sorgen.
Neue Mitglieder werden Frische in den Vorstand bringen.
Der neu gewählte Präsident war schon einmal im Amt.
Geben wir dem neuen Vorstand Zeit, sich zu besinnen und neu zu formieren.

Wenn das Schicksal uns eine Schlinge wirft,
In der Erwartung, dass wir verlieren,
Müssen wir nicht in die Falle tappen
Und uns selbst aufhängen.
Wir können dieselbe Schlinge benutzen,
Um uns zu stärken
Und uns näher an unsere Träume zu binden.

Wo Hasser uns mit Selbstmord verhöhnten,
Entscheiden wir uns zu überleben und zu gedeihen.
Jemand, der dich liebt, treibt dich nicht in den Selbstmord....
Ich liebe dich, PEN Deutschland!

Gedicht 53

Eine Zwillingsmutter entscheidet sich nie für einen der beiden Zwillinge

Und so traf ich den Vorstand,
Die Leiter meines Gastclubs.
Sie waren sehr streng.
Sie waren sauer.
Sie versuchten, einzuschüchtern.
Sie schnauften.
Und sie prusteten.
Sie meinten.
Sie warfen mit Molekülen der Macht um sich.
Sie nahmen mir den Mentor weg, den sie mir gegeben hatten.
Sie warfen seltsame Fragen auf.
Warum will ich eine Splittergruppe unterstützen?
Warum habe ich in einer deutschen Zeitung geschrieben?
Warum habe ich in meinem Schreiben Partei ergriffen?
Warum habe ich einen Deserteur zum Präsidenten gewählt?
Warum beiße ich die Hand, die mich füttert?
Warum mache ich es ihnen so schwer, mich zu mögen?
Warum habe ich eine Meinung?
Warum wähle ich nicht sie?
Warum wähle ich sowohl den alten als auch den neuen Club?
Ich bin die Mutter der Zwillinge Wasswa und Kato.
Eine Zwillingsmutter entscheidet sich nie für einen der beiden Zwillinge.
Für mich ist der PEN Deutschland genau wie mein Wasswa
Und der PEN Berlin ist genau wie mein Kato.
Als Mutter von Wasswa und Kato

Habe ich keinen Konflikt, wenn ich beiden Clubs angehöre.
Deshalb habe ich dem Vorstand eine Frage gestellt:
Bin ich vor einer repressiven Diktatur in Uganda geflohen?
Nur um dann im Exil zu einem anderen repressiven Diktator zu gehen?
Die Zoom-Sitzung wurde vorzeitig beendet!

Gedicht 54

Nun tretet ein in meines Vaters Haus

Für Leander Zukov und Regula Venske

Ich war eine Fremde,
    eine Ausländerin,
    eine Außerirdische,
    eine Außenseiterin,
    eine Einwandererin,
    eine Emigrantin,
    eine Besucherin,
    eine Nicht-Einheimische,
    eine Exilantin,
    eine potenzielle Asylbewerberin,
    ein möglicher Flüchtling,
    das andere,
    eine, die von Zugehörigkeit ausgeschlossen ist ...
Und doch habt ihr mich aufgenommen.
Mir die Türen geöffnet
Von eurem Deutschland, mir.
So wie Westdeutschland die Mauer niedergerissen hat,
Damit die Ostdeutschen kommen können.
Ihr habt mir Raum zum Leben gegeben
Und etwas Geld zum Essen,
So wie Jesus die Zehntausenden gespeist hat.
Ihr habt eure Herzen für mich geöffnet.
Nun tretet ein in das Haus meines Vaters.
Ihr habt mir bayerisches Bier zu trinken gegeben
Und lehrtet mich, in eurer Muttersprache zu fluchen.

Ihr gabt mir einen Schreibtisch und einen Stuhl
Ich konnte sitzen und schreiben, wie ich wollte,
Ich bin eine Schriftstellerin im Exil,
Ich bin eine Schriftstellerin mit einem neuen Satz Bleistifte.
Nun tretet ein in das Haus meines Vaters.

Gedicht 55

Ich könnte dich auf Deutsch lieben

Ich könnte dich auf Deutsch lieben.
Langsam, vorsichtig und mit seltsamen Tönen.
Verschiedene Wörter aneinanderreihen.
Schöne, schräge Unwörter bilden.
Die unwahrscheinlichsten Substantive aneinanderreihen.
Diesmal nenne ich dich „Liebling“,
Und beim nächsten Mal nenne ich dich „Schutzie“.
Und dann nenn ich dich „Konnig“.
Liebe dich schüchtern in die Gegenwart.
„Ich liebe dich“ – im Dativ.
Ganau, kein Problem, alles gut ...
Ach, oh mein Gott!
Ich könnte dich wirklich auf Deutsch lieben.
Tchuss~ aufwiedersen ...

Gedicht 56

Lesen im Tandem

Sie liest rhythmisch auf Deutsch;
Sie liest ihren Roman, Seite für Seite.
Sie liest aus ihrem zweiten veröffentlichten Roman.
Ich sitze neben ihr und höre zu.
Ich spreche kein Deutsch.
Ich lese kein Deutsch.
Ich verstehe kein Deutsch.
Und doch lesen wir im Tandem.
Wir teilen den Tisch und den Raum.
Ein erwartungsvolles Publikum schaut mir in die Augen.
Sie verstehen ihre Lesung.
Es sind Deutsche, die gekommen sind, um unsere Lesung zu hören.
Zwei verschiedene Genres.
Zwei verschiedene Sprachen.
Nachdem sie ihren letzten Satz gelesen hat,
Klatscht das Publikum anerkennend.
Ich schlage meinen ersten Gedichtband auf.
Ich öffne meinen Mund und beginne zu lesen.
Auf Englisch geschriebene Gedichte strömen aus mir.
Sie starren mich an, während ich unentwegt lese.
Sie sind Gefangene meiner seltsamen Worte.
Sie werden von dem rohen Schmerz in meiner Stimme gefangen genommen.
Ihre Augen, die auf mich gerichtet sind, beginnen sich mit Tränen zu füllen …
Das Wasser in ihren Augen beginnt langsam zu steigen.
Die Tränen in ihren Augen fließen sanft über ihre Wangen.
Ich lese weiter mit der Leidenschaft eines verletzten Tieres.

Ich bin ein im Exil lebender, freigesprochener Sträfling – einst
für Poesie inhaftiert.
So unterschiedlich lesen wir lesen im Tandem.
Eine berühmte deutsche Romanautorin
Und eine ugandische Dichterin im Exil.

Gedicht 57

Die schluchzende Rothaarige in meinem Publikum

Als ich mein aufwühlendes Gedicht las,
Das meine Kämpfe als Mutter im Exil beschrieb,
Das ausdrückt, wie schwer es mir fällt, für drei Kinder zu sorgen,
Fängt die rothaarige Schönheit langsam an zu weinen.
Das Rampenlicht fängt die Diamanten ihrer braunen Augen ein.
Ich habe gelesen, dass ich mich schäme, eine alleinerziehende
Mutter zu sein,
Eine alleinerziehende Mutter, die sich so abmüht, sich selbst
zu genügen,
Eine alleinerziehende Mutter von drei ehrgeizigen Teenagern
im Exil ...
In dem Gedicht nenne ich meine drei Kinder beim Namen:
Baraka, Wasswa, Kato.
Die Schönheit in meinem Publikum beginnt zu schniefen;
Zuerst ganz leise, langsam und unmerklich
Und dann bricht sie in lautes Schluchzen aus.
Schmerz erschüttert ihren schönen Körper.
Ein silberhaariger, flinker Platzanweiser
Spaziert die Theaterreihen entlang,
Er hält an der Reihe der weinenden Schönheit,
Und bittet sie, aufzustehen und zu gehen.
Ich lese mein ernstes Gedicht weiter vor.
Die Rothaarige steht auf, immer noch schluchzend.
Sie verlässt das große deutsche Theater.
Ich beende mein Gedicht unter ohrenbetäubendem Beifall.
Ein anderer Dichter kommt auf die Bühne, um aufzutreten.
Der Abend verläuft ereignislos.
Hin und wieder in meinem Leben als Dichterin

Frage ich mich, wer die weinende Schönheit war.
Ich frage mich, was ihre leidvolle Geschichte war.
Ich frage mich, warum mein Gedicht sie zum Weinen brachte.
Hmm ... Ich weiß nie, welchen Ton meine Gedichte treffen.
Ich weiß nie, welche Reaktion meine Gedichte hervorrufen.

Gedicht 58

Mehr als eine Nummer

Ich schwöre bei den Ahnen,
Und ich schwöre beim lebendigen Gott,
Ich werde nicht verantwortlich sein
Für die Strafen, die ich austeile,
Wenn du mich noch ein einziges Mal so nennst.
Hör zu, du humanitärer Helfer,
Ich werde nicht als Nummer bezeichnet.
Ich habe einen Namen – einen wunderschönen Namen,
Einen Namen, der zu schwierig für deine privilegierte Zunge ist,
Einen Namen, der von geliebten Menschen geschätzt wird,
    Millionen Meilen entfernt.
Mein Name ist nicht diese Nummer,
Diese hässliche Nummer, mit der du mich entmenschlichst.
Ich bin nicht nur die Nummer eines Falles,
Die du in deinen Akten speicherst.
Ich bin ein atmendes menschliches Wesen.
Mein Name stammt von indigenen Menschen ab.
Mein Name weckt Erinnerungen an Verwandte in der Heimat.
Verweigere mir nicht die Macht meines Namens.
Nenn mich nicht als die Nummer deiner Datenbank.
Ich bin ein menschliches Wesen – eine Person.
Ich bin mehr als die Nummern, die du kennst.
Ich bin nicht die Nummer, als die du mich benennst.

Gedicht 59

Selbstgewähltes Exil

Wenn ich sage, ich bin im Exil,
Erwiderst du grob: „Das ist ein selbstgewähltes Exil!"
Wenn ich sage, dass ich im Exil war,
Fragst du barsch: „Wer hat dich verjagt?"
Wenn ich die Enteignung durch das Exil anprangere,
Beschuldigst du mich, dass ich Geld des Diktators gegessen hätte.
Beschuldigst du mich, für meine Unterdrücker zu arbeiten.
Beschuldigst du mich, ich sei eine Abtrünnige, eine Überläuferin
und ein Verräter.
Beschuldigst du mich, geisteskrank – und verrückt zu sein.
Beschuldigst du mich, es im Ausland gut zu haben – aus Profitgier.

Ok. Schauen wir uns deine Vorwürfe an!
Was bedeutet das Etikett „selbstgewähltes Exil"?
Was bezeichnet das Etikett „selbstgewähltes Exil"?

Wird die Bezeichnung „selbstgewähltes Exil" meine Verfolgung zu
Hause verringern?
Wird die Bezeichnung „selbstgewähltes Exil" meine Inhaftierung im
Hochsicherheitsgefängnis abmildern?
Wird meine unrechtmäßige Verurteilung durch die Bezeichnung
„selbstgewähltes Exil" weggewischt?
Wird die Bezeichnung „selbstgewähltes Exil" meinen Freispruch
nach sechzehn Monaten im Hochsicherheitsgefängnis
auslöschen?
Bedeutet die Bezeichnung „selbstgewähltes Exil", dass ich zu
achtzehn Monaten Gefängnis verurteilt wurde?

Entfernt das Etikett „selbstgewähltes Exil“ meine Folterungen durch die Gefängniswärterinnen?
Lässt das Etikett „selbstgewähltes Exil“ mein im Gefängnis fehlgeborenes Baby wieder auferstehen?
Ersetzt das Etikett „selbstgewähltes Exil“ meine fehlenden Zähne, die mir von den Gefängniswärterinnen ausgeschlagen wurden?
Wird die Bezeichnung „selbstgewähltes Exil“ meine beiden Strafanzeigen wegen Poesie zunichte machen?
Wird die Bezeichnung „selbstgewähltes Exil“ etwas daran ändern, dass mein Ankläger nicht mehr Diktator Museveni ist?
Wird die Bezeichnung „selbstgewähltes Exil“ die Versuche der Staatsanwaltschaft rückgängig machen, mich einer unfreiwilligen psychischen Untersuchung zu unterziehen?
Wird durch die Bezeichnung „selbstgewähltes Exil“ der Antrag auf eine unfreiwillige psychologische Untersuchung vor dem Richter hinfällig?
Wird mit dem Etikett „selbstgewähltes Exil“ meine Klage vor dem Verfassungsgericht gegen diesen Antrag auf eine unfreiwillige psychische Untersuchung abgeschmettert?
Färbt das Etikett „selbstgewähltes Exil“ auf meine Aussage als Sachverständige vor dem parlamentarischen Ausschuss ab, die das archaische Gesetz zur psychischen Behandlung überprüft?
Macht die Bezeichnung „selbstgewähltes Exil“ das gegen mich verhängte Einreiseverbot rückgängig?
Wird mein Name durch die Bezeichnung „selbstgewähltes Exil“ von der Flugverbotsliste gestrichen?
Macht das Etikett „selbstgewähltes Exil“ meinen Sieg in einem Gerichtsverfahren zur Aufhebung des Einreiseverbots zunichte?
Wird meine Entführung durch bewaffnete Schläger durch das Etikett „selbstgewähltes Exil“ entschärft?

Hebt die Bezeichnung „selbstgewähltes Exil" meine illegale Inhaftierung bei der SIU in Kireka auf?
Hebt die Bezeichnung „selbstgewähltes Exil" meine Petition bei der UN-Arbeitsgruppe gegen willkürliche Inhaftierung auf?
Werden durch die Bezeichnung „selbstgewähltes Exil" die schändlichen Einschüchterungen und Todesdrohungen ausgelöscht?
Beschönigt das Etikett „selbstgewähltes Exil" die endlose Abschlepperei meines Privatwagens, selbst wenn meine Kinder auf dem Weg zur und von der Schule waren?
Schließt die Bezeichnung „selbstgewähltes Exil" die Razzien in meinem Haus aus?
Befreit das Etikett „selbstgewähltes Exil" vom Abhören und Aufzeichnen meiner Telefongespräche?
Entfernt die Bezeichnung „selbstgewähltes Exil" die Sperrung meiner Bankkonten aus den Akten?
Erstattet das Etikett „selbstgewähltes Exil" meine beschlagnahmten Forschungsgelder?
Macht die Bezeichnung „selbstgewähltes Exil" die Blockade der First Lady gegen meine Arbeit an der Makerere-Universität zunichte?
Bedeutet das Etikett „selbstgewähltes Exil", dass ich wegen meiner Kritik an der First Lady von meiner unbefristeten und pensionsberechtigten Stelle suspendiert wurde?
Wird mein Sieg vor Gericht gegen die Makerere-Universität durch die Bezeichnung „selbstgewähltes Exil" zunichte gemacht?
Macht die Bezeichnung „selbstgewähltes Exil" meine drei Siege vor dem MUK-Tribunal für akademische Mitarbeiter zunichte?
Hebt die Bezeichnung „selbstgewähltes Exil" meinen bloßen Protest bei MISR auf?

Macht das Etikett „selbstgewähltes Exil“ meinen bloßen
Protest zunichte, wenn ich unrechtmäßig in ein
Hochsicherheitsgefängnis nur für Männer verbracht werde?
Überklebt das Etikett „selbstgewähltes Exil“ alle meine
Verhaftungen aufgrund friedlicher Proteste?
Erinnert die Bezeichnung „selbstgewähltes Exil“ an die Tage und
Nächte, die meine Kinder ohne Mutter verbracht haben?

Wem hilft dein Label „selbstgewähltes Exil“?
Wofür dient diese falsche Etikettierung von mir?
Schläfst du besser, wenn du das „selbstgewählte Exil NICHT als Exil“
bezeichnest“?

Gedicht 60

Exodus – Ein Gedicht des Sieges

Exodus – die ungeplante Reise!
Das Herz pochte mir laut in der Kehle,
Schlägt rasend einen Rhythmus zu meinem verrückten Lauf,
Reißt den Putz von der Folie, die an der Rückseite meines Kopfteils
klebt,
Deckt und reißt einen flachen Umschlag auf,
Packt vier Pässe in meinen Rucksack,
Vier Gelbfieber-Impfausweise,
Vier Personalausweise,
Vier COVID-19-Impfreisepässe,
Vier gefälschte „Reiseeinverständniserklärungen",
Das Herzklopfen eskaliert, die Achselhöhlen schwitzen.
Ich fälsche die Unterschrift des abwesenden Vaters.
Dreimal unterschreibe ich mit seinem Namen auf cremefarbenem
Papier.
Dreimal reiße ich die Barrikaden gegen die Einwanderung von
abhängigen Minderjährigen ein.
Eine weise Mutter überwindet alles durch jahrelange Übung,
Fünfzehn Jahre lang, seit dem Kindergarten, habe ich die
Unterschriften des Vaters gefälscht.
Exodus – muss mehr Geld von Claudia leihen!
Jedem Kind wird ein kleiner Teil des Geldes gegeben,
Essen, Trinken, öffentliche Toilette ... nur das Wesentliche.
Kaufe ein paar Lebensmittel für zwei Tage.
Kaufe einen Drink und Wasser.
Bezahl für kurze oder lange Anrufe in den öffentlichen Toiletten.
Kaufe keine Internetdaten.
Du hast keinen Anspruch auf Telefongebühren.

Entferne alle Sim-Karten aus deinen Smartphones.
Verwende nur Kabiriti-Telefone mit gefälschten Sim-Karten.
Der Staat verfolgt mich über das GSM meiner Kinder.
Einmal gebissen, zweimal gescheut: GSM-Ortungsgeräte brachten meine Entführer zu mir.
Eine schon mal Entführte lernt, wie man gefälschte Sim-Karten kauft.
Exodus – Flucht über Grenzen!
Entlang poröser Eintrittsstellen schleichen,
Dem Erscheinen der Sonnenstrahlen an der Grenze zuvorkommen,
Sich Einstimmen auf den Sonnenaufgang in Sofia Town,
Selbstbewusst auf den staubigen Trittpfaden Panyas wandern,
Einen weiteren illegalen Grenzübertritt wagen.
Exodus – ein Wettlauf gegen die Zeit mit dem Staat, der mich unterdrückt!
Exodus – das Überlisten der gesamten staatlichen Unterdrückungsmaschinerie!
Exodus – laufen, laufen, laufen, schneller als Geister!
Exodus – sich weigern, wieder verhaftet zu werden, sich weigern, wieder inhaftiert zu werden, sich weigern ...
Exodus – die Flucht mit illegalen Mitteln, um trotz aller Widrigkeiten am Leben zu bleiben.
Exodus – das Vertrauen in die Machenschaften von Kleinkriminellen, um das System zu überlisten.
Ich beiße mir auf die Lippen und vertraue das Leben meiner Kinder Fremden an,
Einem jugendlichen Betreuer Unmengen von Geld in die Hand drücken,
Es werden keine wirklichen Worte getauscht, sondern körperliche Gesten.
Er schiebt meinen Rucksack in einen schmutzigen Sack.
Er schüttet Holzkohle in den Sack.

Er stellt einen runden Holzkohleofen auf den Sack.
Er reicht mir ein öliges Chapati mit flach gebratenen Kalayi.
Er gibt mir einen alten Plastikkanister, der halb mit Speiseöl gefüllt ist.
„Geh so wie eine arme Frau, die es eilig hat, Chapatis für ihre morgendlichen Kunden zu backen."
Er bedeckt mein Kitenge-Kleid mit einem alten Kochkittel.
Er wickelt eine zerrissene Lesu um meinen Kitenge-Rock.
Er nimmt mir die Brille ab und steckt sie in seine Hosentasche.
Er reicht mir eine alte, fleckige Kochmütze.
„Du wirst heute Mama Mupiika Chapati sein!"
Exodus – ein Austausch zwischen den unwahrscheinlichsten Kollaborateuren!
Ein querschnittsgelähmter Mann mit verkrüppelten Beinen
Schleppt sich langsam über den staubigen Sofia-Pfad.
Er hievt sich in den wartenden Rollstuhl.
Mein jugendlicher Führer zahlt ihm einen Hungerlohn.
Der Rollstuhl fährt vor uns los, in den Morgen hinein.
Ich gehöre zu einer kleinen Gruppe von Frauen:
Zwei Marktfrauen tragen Schalen mit geräuchertem Fisch,
Und ein junges Mädchen bietet bunte Kitenge-Handtaschen zum Verkauf.
Wir gehen schnell, ohne miteinander zu sprechen.
Wir umgehen meinen jugendlichen Führer, der Tee mit den Grenzpolizisten trinkt.
Auf der anderen Seite steige ich auf ein Miet-Motorrad in die Freiheit!

Gedicht 61

Für Cassim Ouma – ehemaliger Kindersoldat

Rebellen mit schweren Waffen und langen Dreadlocks
Stürmen das Schulgelände bei Tagesanbruch,
Sie stellen zwei starke Männer an jede Klassenzimmertür,
Wo unschuldige Kinder mit großen Augen
Entgeistert und schweigend zurück starren.
Kranke Jungen und Mädchen werden ausgesondert;
Sie werden vor die Klassenzimmer gerufen,
Und auf der Stelle erbarmungslos erschossen.
Die Jungen werden von den Mädchen getrennt.
Jedes Mädchen mit ausgeformten Brüsten
Wird als Eigentum an die Rebellensoldaten verteilt.
Insgesamt werden dreißig verängstigte Mädchen entführt
In ein neues Leben in sexueller Knechtschaft.
Jüngere Mädchen werden brutal vergewaltigt.
Und dann entweder auf der Stelle erschossen,
Oder man schneidet ihnen die Zunge aus dem Mund –
Um sie für immer daran zu hindern, über den Tag zu erzählen.
Die entführten vorpubertären und pubertierenden Schüler und Schulmädchen
Werden mit vorgehaltener Waffe gezwungen
Auf einen klapprigen Lastwagen zu steigen, der von der Autobahn gekapert wurde.
Der Lastwagen fährt davon und macht Schlagzeilen,
Er hinterlässt blutige Nachrichten, vergewaltigte Leichen und trauernde Familien.
Der Lastwagen fährt mit den entführten Kindern des Landes davon,
Die dann zu den Kindersoldaten Ugandas heranwachsen werden.

Coda:
Als ich Cassim Ouma im Exil traf,
Lud er mich ein, über sein Leben zu schreiben.
Wir saßen in einem Café und unterhielten uns eine Weile.
Seine Geschichte war voller Gewalt und Zerrissenheit.
Bald sollte ich eine Datei öffnen
Und über das Leben dieses ehemaligen Kindersoldaten schreiben.

Gedicht 62

Liebe und laute Bomben

Unsere Mutter kocht uns jeden Tag eine warme Mahlzeit
Mit spärlichen Zutaten,
Die langsam immer knapper werden ...
Ihre Küchenschubladen leeren sich.
Sie macht sich Sorgen um den Brennholzvorrat.
Sie macht sich Sorgen um das restliche Regenwasser, das sie
gesammelt hat.
Sie macht sich Sorgen, weil der Strom abgestellt wurde, als die
Ausgangssperre begann.
Und so sind die Nächte in unserer Kleinstadt so dunkel wie die Hölle.
In Kampfnächten wird der dunkle Himmel von Bombenfeuer erhellt.
Die Farben der kreuz und quer lodernden Feuer sind laut.
Ohrenbetäubend laut und leuchtend rot, gemischt mit orange und gelb
Vor dem schwarzen Hintergrund der dunklen Nacht und der
quälenden Angst.
Während draußen der Krieg tobt,
Versammelt unsere Mutter die kleinen Kinder in ihrem Bett auf dem
Boden.
Sie erzählt ihnen Geschichten über Helden und Heldinnen aus alten
Zeiten.
Ihre beruhigende Stimme wendet sich mal hier- und mal dorthin.
Sie fügt immer ein Lied hinzu, bei dem sie die Kinder zum Mitsingen
auffordert.
Ihre Stimme, die sanft zur Begleitung von Schüssen singt, ist magisch.
Ihre Magie beruhigt die Nerven und lindert den Schmerz über die
Todesnachrichten.
Ich beobachte all diese Liebe aus meiner Ecke auf der anderen Seite
des Raumes,

Ich bete im Stillen, dass der Krieg endet, und kaufe meiner Mutter einen neuen Kamm.
Sie hat die Schönheit und Liebe in unserem Haus während des Krieges bewahrt.
Oft flicht sie neue Zöpfe in die Haare meiner Schwestern, während sie Geschichten erzählt.
Ihre Kochkünste, ihre Erzählungen und ihre herzlichen Umarmungen sind Akte der Liebe.
Die Kinder vor den harten Wahrheiten des Krieges zu schützen, ist Liebe.
Der laute Lärm der Bomben und Schüsse wird von der Liebe übertönt.
Unsere Mutter fand Wildblumen auf dem Weg in die Stadt, draußen auf dem Feld.
Sie wählte einige aus und legte sie in ihren ansonsten leeren Einkaufskorb.
Die Blumen stehen stolz in einer Tasse auf dem niedrigen Tisch in der Küche, wo wir alle essen.
Ich schlief nachts und träumte, dass eine Kugel das Holzfenster durchschlug,
Und den Becher mit den Blumen unserer Mutter zerbrach.

Gedicht 63

Ukrainischer Mulatte

Ich traf ihn am Bahnhof;
Direkt neben dem Burgerladen.
Seine Mutter ist Russin.
Sein Vater war Ukrainer.
Er zitterte ohne Finesse –
Angefasst vom Hunger und vier Tagen Verstopfung.
Ich bot ihm ein heißes Getränk und ein Gespräch an.
Nach kurzem Zögern nahm er an.
Ich besorgte uns zwei heiße Getränke und für jeden eine Essensportion.
Wir setzten uns und begannen eine höchst unwahrscheinliche Beziehung.
Er verschlang das Essen mit großer Konzentration,
Er trank das gezuckerte Getränk, gemacht aus den Bohnen einer fremden Nation,
Und dann lehnte er sich zurück und lächelte mich anerkennend an.
Er bedankte sich schüchtern für meine freundliche Aufmerksamkeit.
Wir glitten in ein tiefes Gespräch hinein,
Seine Geschichte war geprägt von tiefer Offenbarung.
Seine leisen Geschichten von lauten Bomben brachen mit alten Vorstellungen von der Nation.
Die Gewalt eines grenzüberschreitenden Krieges zerstört auf brutale Weise sogar menschliche Identifikation.
In seinem Fall starb sein Vater zwar im Kampf der Landesverteidigung,
Die Unterdrückung seiner persönlichen Identität hinterließ aber die größere Verletzung.

Von Kindheit an verstand er sich sowohl als Ukrainer als auch als
Russe.
Und nun stand er da auf der Suche nach Sicherheit, aus seinem Land
vertrieben,
Teilte Essen und Trinken mit einer Schwarzafrikanerin am
Bahnhof.

Gedicht 64
Rassistische Diskriminierung

Drei schwarze Teenager,
Neuankömmlinge in Bayern,
Sie stehen im beängstigenden Hauptbahnhof,
Sie stehen dicht beieinander in der Menge,
Sie stehen mit Rucksäcken auf dem Rücken,
Sie stehen und warten geduldig auf den Zug,
Sie stehen, ohne Verdacht zu erregen ...

Drei bewaffnete weiße Polizisten,
Beamte der deutschen Polizei,
Sie gehen so gerade wie Kugeln,
Sie gehen an allen anderen Reisenden vorbei,
Sie gehen zielstrebig und ohne zu zögern,
Sie gehen direkt auf meine Kinder zu,
Sie gehen auf uns zu, rassistische Diskriminierung ...

Die drei erwachsenen Polizeibeamten nehmen und öffnen
Die drei Rucksäcke
Der drei schwarzen Teenager.
Niemand bewegt sich.
Niemand spricht.
Alle starren.
In erster Sichtung: Bücher, Buntstifte, Wasser und Obst.
In zweiter Sichtung: Bücher, Buntstifte, Wasser und Obst.
In dritter Sichtung: Bücher, Buntstifte, Wasser und Obst.

Der Zug zur Schule kommt.
Zitternd fahren meine Kinder zur Schule.

Gedicht 65

Krauses Haar

Lockig,
Wollig,
Elastisch,
Windig,
Rollig,
Wild ...
Hier ist krauses Haar das neunte Weltwunder.
„Mama, die Kinder hier sind lustig!
Wenn ich meinen Afro auskämme,
Nach dem Flechten für die Woche,
Lieben meine Klassenkameraden das.
Viele werfen mir Blicke zu.
Viele bitten mich um Selfies.
Einer schrieb einen Aufsatz darüber.
Und meine Freunde wundern sich."
„Oh, Berry, darf ich mal anfassen?"
„Diese häufige Frage verwirrt mich, Mama!"
„Und wenn ich meine Freunde mein Haar anfassen lasse,"
„Oh Berry, dein Haar ist so weich-weich-weich!"
Rufen sie in lautem Staunen.
„Und ich dachte, es wäre elastisch!"
„Und ich dachte, es wäre taff!"
„Und ich dachte, es wäre bröckelig!"
Ihr solltet die Gesichter an manchen Tagen sehen.
Nach dem Schwimmen, wenn der Afro schrumpft,
„Oh Berry", sagen sie, „was hat denn dein Haar verschluckt?"
Wenn ich sie flechte, verdrehe oder stecke,
„Oh Berry, dein Haar ist rätselhaft!"
Schnapp, schnapp, schnapp – die Handykameras.
Hier ist krauses Haar das neunte Weltwunder ...

Gedicht 66

Wer wird dir eine Blume ans Grab bringen?

Du fährst mit der Tram 17 zu mir nach Hause.
Du gehst zur Wendl-Dietrich-Straße.
Du findest meine Wohnungsnummer zwischen den Betonblöcken.
Du drückst den Klingelknopf und ich lasse dich rein.
Du steigst die alte Holztreppe bis ganz nach oben.
Du kommst in mein Haus, das ich vor vielen verberge.
Du bist ein alter Kamerad von zu Hause.
Du standst bei mir in den Schützengräben für die Freiheit.
Ich umarme dich – ein Akt, den ich in letzter Zeit so selten mache.
Ich koch dir Mittagessen, während wir uns über dies und das unterhalten.
Du vertraust mir deine Liebe zu Männern an, die so sind wie du.
Du erzählst von deinem Schmerz über den Raub deiner Heimat.
Du klagst über die beschämende Entfremdung, die du zu Haus erlitten hast.
Du feierst, dass du das dichte Leichentuch des Schwulenhasses hinter dir gelassen hast.
Du freust dich darauf, im Exil ein neues Leben aufzubauen.
Du planst, dein Studium wiederaufzunehmen und vielleicht einen Abschluss zu machen.
Du freust dich darauf, in naher Zukunft ein angemessenes Einkommen zu erzielen.
Du hoffst, in diesem Land der Freiheit, der Demokratie und Rechte, Liebe zu finden.
Du lobst den einfachen Zugang zu antiretroviralen Therapien, die du jetzt bekommst.
Du nennst mir deinen Plan für die Beerdigung, falls du vor mir im Exil sterben solltest.

Du verrätst, dass du auf einen Platz auf einem deutschen Friedhof
sparst.
Du insistierst, dass dein toter Körper nicht nach Hause gebracht
werden darf.
Du weist mich an, vor der Beerdigung eine Regenbogenflagge auf
deinen Sarg zu legen.
Du schreibst mir in mein Tagebuch die Worte, die du auf deinem
Grabstein willst.
Du lässt mich mit vielen unbeantworteten unbeantwortbaren
Fragen zurück.
Wer wird dir eine Blume ans Grab bringen?
Wer vermisst tote ausländische Queers?
Wer trauert um Ausländer ... geschweige denn schwule Ausländer?
Wer trauert um Queers im Exil?
Wer ehrt tote queere Fremde?
Mit diesem Gedicht,
Verewige ich die toten queeren auf der Flucht ...

Gedicht 67

Für mich wird mein Zuhause immer besser sein

Für mich wird mein Zuhause immer besser sein.
Die Straßen sind nicht geteert,
Aber die Jugend hilft den Älteren, die halb gefüllte Taschen nach Hause zu tragen.

Für mich wird mein Zuhause immer besser sein.
Die Häuser stehen dicht an dicht,
Aber die Nachbarn grüßen einander mit einem Lächeln.

Für mich wird mein Zuhause immer besser sein.
Das Pro-Kopf-Einkommen liegt unter der Armutsgrenze,
Aber die Mütter versorgen die hungrigen Waisenkinder täglich mit warmem Essen.

Für mich wird mein Zuhause immer besser sein.
Bewaffnete Männer drangen in das Parlament und verprügelten die Abgeordneten,
Aber die Sonne am Äquator scheint das ganze Jahr.

Für mich wird mein Zuhause immer besser sein.
Polizisten gehen brutal gegen Demonstranten vor und lassen Akten verschwinden,
Aber die Lebensmittel werden frisch aus unseren Gärten geerntet.

Für mich wird mein Zuhause immer besser sein.
Wir haben ständig weder Strom noch Wasser in den Leitungen,
Aber die Leute versammeln sich bei Beerdigungen und Mahnwachen ihrer Nachbarn.

Für mich wird mein Zuhause immer besser sein.
Arme Mütter sterben immer noch in Krankenhäusern ohne
Medikamente bei Geburt,
Aber der Fisch fürs Abendessen wird frisch aus dem Fluss
gefangen.

Für mich wird mein Zuhause immer besser sein.
Ein alter, gieriger Mann klammert sich an seinen Posten und
vergewaltigt das Land,
Aber unschuldige Kinder singen immer noch melodiös und tanzen
fröhlich.

Gedicht 68

Ein Monument für die gescheiterte Freiheit

Morgen werde ich ein Stück Land kaufen
Irgendwo auf der Kampala Road.
Und dann, mit radikaler Entschlossenheit,
Werde ich mir einen Wolkenkratzer bauen aus Beton.
Mache ihn stark und groß,
Baue ihn schamlos kühn.
Ziehe ihn hoch wie ein Mittelfinger, um
„Fick dich, Gott!“ zu sagen.
Ich werde meinem Wolkenkratzer eine Leuchtreklame geben,
um den Namen meiner neuen Anlage bekannt zu geben:
„GESCHEITERTES HAUS DER FREIHEIT – UGANDA!“
Mein grotesker Wolkenkratzer will an einen Moment erinnern,
Ein Mahnmal für unseren gescheiterten Kampf für die Freiheit in Uganda.
Jedes Stockwerk des Wolkenkratzers
Wird einen Namen für unsere gescheiterten Befreiungskollektive tragen.
Der unterste Stock wird „Alle Macht dem Volke“ heißen!
Das nächste Stockwerk „Die Regierung des Volkes“!
Dann folgt die „Plattform der nationalen Einheit“.
Daneben wird es das „Forum für demokratischen Wandel“ geben.
Und es wird eins für seine Splitterzelle geben:
„Allianz für nationale Transformation“.
Gleich darüber wird die „Demokratische Partei“ einziehen.
Und ein Stockwerk ist für den „Uganda People‘s Congress“ reserviert.
Es wird ein Stockwerk für frustrierte Professoren, Wissenschaftler und protestierende Studenten geben.

Auch überparteiische Menschenrechtler jeglicher Couleur kriegen
ein Stockwerk.
Ein ökumenisches Stockwerk ist den religiösen und kulturellen
Führern gewidmet.
An der Spitze steht Welt der Privatwirtschaft und Unternehmen.
Mein grauer Wolkenkratzer wird alle gescheiterten
Freiheitskämpfer beherbergen.
Wir werden uns dort treffen, um uns neu zu organisieren.
Unsere gescheiterte Revolution frustriert die Götter, Göttinnen und
Ahnen.
Wenn die wirkliche Revolution schließlich zu Freiheit und Befreiung
führt,
Könnten wir meinen Wolkenkratzer in der Kampala Road
umbenennen oder abbrennen.

Gedicht 69

Ist das Verrat?

Langsam,
Seltsam,
Zärtlich,
Ganz sachte,
Und bebend
Wie ein gestohlenes Flüstern
Über die fremden Dinge, die man fürchtet:
Ich bin dabei, mich in Deutschland zu verlieben.
Und doch habe ich eine tiefe Sehnsucht nach Uganda,
Meine Liebe zu meinem verrotteten Mutterland ist ungebrochen.
Ich bin das schamlos untreue Frauenzimmer;
Verheiratet wie Klebstoff mit Uganda,
Und doch bin ich auch geil aufs Exil.
Die Regung meiner Polyamorie
Fängt an, von mir Besitz zu ergreifen,
Beunruhigend,
Zwanghaft,
Hartnäckig,
Schmerzlich ...
Ist das Verrat?
Ist das Sich-ins-Exil-Verlieben Verrat?

Gedicht 70

Was gibt es, um nach Hause zurückzukehren?

Soll ich mein Exil beenden, heute
Was gibt es, um nach Hause zurückzukehren?
Was könnte mich nach zu Hause zurück bringen?
Die schönen Gräber meiner Eltern;
Eins in Masaka – der Familienfriedhof meines Vaters.
Eins in Mukono – der Familienriedhof meiner Mutter.
Vielleicht werde ich steif in einer Kiste zurückkehren.
Vielleicht kehre ich gefroren zurück, auf Eis gelegt,
Zurückgeflogen zu einem ehrenvollen Begräbnis,
Den Trauerschreien längst verstorbener Verwandter,
Um mich zu den zahlreichen Gräbern geliebter Menschen zu
gesellen ...
Um neben meinem Vater in der braunen Erde in Kalinga zu liegen.
Besser allemal als die zahllosen unmarkierten Massengräber,
Die vollgestopft sind mit verschwundenen Kameraden,
Unglücksraben, mit denen ich zusammen einst protestierte ...
Unglücksraben, die zu Hause blieben ...
Unglücksraben, die aus dem Kampf verschwunden sind ...

Gibt es wirklich etwas, um zurückzukehren?
Zahlreiche Waisenkinder, die die Schule abgebrochen haben,
Die geschwollenen Bäuche voller Bandwürmer,
Einige leben noch bei ihren verwitweten Müttern –
Die wieder mit Sugar Daddies verheiratet sind
Oder mit der Landwirtschaft, wenn nicht ihrem hübschem Gewerbe
kämpfen.
Massenarmut erstickt die Dörfer.

Ausgelaugte rötlich-braune Böden, verunreinigt von unwirksamen
GM-Pestiziden,
Geringe Erträge aus den müden, unfruchtbaren Böden,
Zu wenig, um auf dem Markt verkauft zu werden.
Die Schere zwischen Arm und Reich hat sich vergrößert.
Jugendliche, die massenhaft in Großstädte oder größere Städte
abwandern.
Überfüllte städtische Ghettos überall;
Ghettos, die vor Hoffnungslosigkeit und Müll nur so strotzen.
Verzweiflung, Scham und Armut sind schwer zu ertragen.
Die Schulden schnüren den Stadtbewohnern die Kehle ab.
Überbevölkerung in maroden Gebäuden.
Bullaugen in Hadesgröße schmücken das städtische Leben.
Soll ich zurückkehren, um diese Löcher zu stopfen?

Was gibt es zu Hause, um nach dort zurückzukehren?
Ein weiteres Stückchen Platz auf dem Gefängnisboden?
Eine weitere gelbgefärbte Gefängnisuniform?
Ein weiterer schmutzig-blauer Gefängnisplastiktopf?
Eine weitere Nummer in einem Manila-Gefängnisordner?
Warum sollte ich meine Freiheit und meine Sicherheit im Exil
aufgeben?
Warum sollte ich meine Freiheit hier aufgeben?
Soll ich jetzt mein Exil beenden?
Was gibt es zu Hause, um nach dort zurückzukehren?

Gedicht 71

Ich werde nicht einfach hier hocken und Däumchen drehn

Auch im Exil,
Weit weg vom Zuhause, das du vergewaltigt hast,
Werde ich Dir weiterhin im Arsch rumstochern,
Mit scharfen Worten in deinen Leopardenarsch stechen.
Die dornigen Worte aus meinem Mund
Sprudeln weiter so schnell, heiß und wütend,
Dass sie das zeitlose Sprichwort am Leben erhalten,
„Die Feder ist mächtiger als das Schwert!"
Sogar in diesem Moment,
Wenn ich weit weg im Exil bin,
Entlarven meine Worte deine Tyrannei.
Du ermordest Mütter bei der Geburt.
Du vergewaltigst Väter mit Arbeitslosigkeit.
Du erstickst die Kinder mit falscher Erziehung.
Los, trinkt das Blut Ugandas.
Eines Tages wirst du vor lauter Blut platzen.
Und dann werden Exilanten Gedichte über die Freiheit schreiben.
Meine fleißigen Hände werden wütend weiterschreiben;
Dieses Mal werden es Gedichte über den Sieg.

Gedicht 72

Hör sie gefesselt

Ihr linker Fuß ist gefesselt,
Gefesselt an das rostige Eisenbett,
Sie gräbt ihre schuppigen Fersen
Tief in die mit Polyäthylen überzogene Matratze.
Der Schmerz krampft sich durch ihr ganzes Wesen.
Geburtswehen ergreifen Besitz von ihrem verurteilten,
unschuldigen Körper.
Sie stöhnt unter den Qualen der Geburt;
Ein tierähnlicher Kampfschrei.
Es folgt ein Schwall wütender Flüche.
Sie verflucht die Regierung, die eine schwangere Dichterin
inhaftiert.
Die Poesie brachte sie ins Gefängnis;
Die Poesie ist schwanger mit Parodie,
Die Poesie, die die schlechte Staatskunst kritisiert,
Die Poesie, die Freiheit schafft für Gefangene,
Die Poesie, so roh, ungeschliffen und wahrhaftig ...
Ihre Gedichte sind Waffen gegen den mächtigen Unterdrücker.
Ihre Gedichte reihen auf wunderbare Weise faulige Flüche
aneinander.
Ihre Gedichte bringen pfeifende Kugeln und donnernde Bomben
zum Schweigen.
Sie verhöhnt den verlogenen, korrupten Vater der Nation.
Sie verurteilt eine First Lady, die den Kindern das Essen wegfrisst.
Sie gebiert ihr Baby mit unverschämter Poesie;
Poesie, die nach Gerechtigkeit verlangt,
Poesie, die die Unterdrückung anprangert,
Poesie beansprucht alle Freiheiten.

Sie schreit ein weiteres Gedicht der Freiheit hinaus.
Ihr Schrei vermischt sich mit dem ersten Schrei ihres Babys.
Hör sie an, gefesselt gebiert sie die Freiheit.
Gefesselt, hör sie – frei.

Gedicht 73

Der Prophet gilt auch fern von zu Hause

Den Propheten kennt man zu Hause nicht.
Dem Propheten wird von Außenstehenden Respekt gezollt.
Zu Hause war ich wegen eines Gedichts inhaftiert.
Im Exil werde ich für meine Gedichte und Einzeiler bezahlt.

Meine Landsleute lasen meine Gedichte und nannten mich geisteskrank.
Ausländische Professoren laden mich ein, ihren Studenten Gedichte vorzustellen.
Einwanderungsbeamten hinderten mich vergeblich an der Weiterreise.
Botschaftskonsulate erteilen mir jetzt Visa, damit ich meine Gedichte vortragen kann.

Die Worte eines Propheten sind verrückte Tiraden unter den Seinen.
Zu Hause wurde ich zweimal wegen meiner Worte inhaftiert.
Prophezeiungen werden von denen geschätzt, denen sie etwas bedeuten.
Meine Gedichte kreisen wie Strudel im Exil.

Eines Tages werde ich als Nationaldichterin nach Hause zurückkehren.
Wenn Prophezeiungen eintreten, nennen alle einen unsern Propheten.
Respekt wird dem Propheten nur in der Fremde gezollt.
Und wie der Prophet, so geht es der Dichterin …

Gedicht 74

Mein Mund ist nicht schmutzig

Mein Mund ist nicht schmutzig
Es sind die Worte aus diesem Buch;
Ergreifende Worte, ich spreche sie in bitteren Gedichten.
Unreine Worte, ich schreibe sie mit meiner Feder.
Schmerzhafte, hässliche, schwere Worte,
Rhythmisch aus meiner Seele gepresst;
Die Seele der Dichterin ist tief vergiftet
Durch die geschwärzten, scharfen Krallen der Diktatur.
Eure Unterdrückung hat meine Worte verdorben,
Genau wie frische Kuhmilch, die sauer wird.
Der faulige Gestank der Diktion meiner Gedichte,
Ist der Duft der Tinte einer Dissidentin.
Und genau wie meine Worte,
Ist mein Blut nicht schmutzig.
Es ist einfach zu sehr mit Niederlagen gesättigt;
Die Niederlage des Kampfes gegen die Tyrannei mit nur einem Stift,
Sie beschmutzt meine Gedichte mit unverblümten Wahrheiten.
Das bittere Blut fließt in meine Schreibhand.
Vergiftetes Blut fließt durch meinen Mund.
Leider hast du meinen Mund beschmutzt.
Und so sollen die Gedichte aus meinem Mund auch sein.
Worte, bloße Worte haben mich ins Gefängnis gebracht,
Aber mein Mund ist nicht schmutzig.

Gedicht 75

Verfolgende, verletzende Geschichte

Deine Geschichte verfolgt dich,
Du bist gelähmt und leer.
Verfolgt von deiner Geschichte, verletzt du mich.
Doch deine Geschichte ist nicht meine Geschichte.
Mein Volk kämpfte gegen die Kolonialisierung,
Als dein Volk den Holocaust erlebte.
Ich war noch nicht einmal geboren.
Meine Kinder lebten noch nicht hier.
Und doch ist dein Land heute mein Land.
Dein Zuhause ist mein Zuhause.
Deine Straßen sind meine Straßen.
Deine Sprache beginnt mir auf der Zunge zu liegen.
Dein Essen ist viel leichter zu genießen.
Dein Bier sogar noch süßer zu umarmen.
Mein Volk hat seine eigene Sprache, sein eigenes Essen und sein eigenes Bier.
Deine Kultur ist nicht meine Kultur.
Unsere Kulturen sind zwar menschlich, aber unterschiedlich.
Unsere Geschichten sind unterschiedlich.
Aber unsere Gegenwart wird geteilt.
Unser Jetzt verschränkt sich in einem komplexen Tanz.
Tanze frei mit mir, trotz unserer unterschiedlichen Geschichte.
Komm zu mir, frei vom Holocaust.
Ich komme zu dir und leugne diese Geschichte aus freien Stücken.
Ich habe nie einen Juden getötet.
Ich bin nicht daran interessiert, einen Juden zu töten.
Ich werde niemals einen Juden töten.
Ich bin eine schwarze Frau aus Afrika, die in Deutschland lebt.

Eine Mutter im Exil, die schwarze Kinder in Bayern aufzieht.
Wir sind hierhergekommen, um frei zu leben, nicht um zu sterben.
Wir sind hierhergekommen, um frei zu sprechen, nicht um zu schweigen.
Wir sind hierhergekommen, um frei zu denken, nicht um beschämt zu werden.
Wir sind in die Freiheit gekommen, nicht in die Sklaverei.
Deine Geschichte versklavt dich auf schmerzhafte Weise.
Ich gehöre nicht zu dieser Geschichte.
Lass uns den Tanz der Freiheit tanzen.
Tanzen wir über unsere Verschiedenheit weg.
Lass uns zu bayerischen Melodien tanzen.
Lass uns rhythmisch tanzen wie meine Vorfahren.
Lass uns tanzen, bevor die AFD uns trennt.
Lass uns heute tanzen, bevor die Zukunft uns trennt.
In Soweto, Gugulethu und Pretoria wurden Tänze als Wettrennen durchgeführt.
Für Schwarze war es verboten, mit Weißen zu tanzen.
Schwarzen war es verboten, auf den Bänken der Weißen zu sitzen.
Schwarzen war es verboten, ohne Ausweis zu reisen, so wie Weiße es konnten.
Schwarzen war es verboten, Weiße zu lieben und Kinder mit ihnen zu zeugen.
Schwarzen war es verboten, sich vorzustellen, sie seien genauso menschlich wie Weiße.
Schwarzen Kindern war es verboten, in ihrer Muttersprache zu lernen.
Während der Apartheid war es für Schwarze verboten, Menschen zu sein.
Die Geschichte der Apartheid ist die Geschichte meines Volkes.
Die Geschichte der Kolonisierung ist die Geschichte meines Volkes.

Die Geschichte der Sklaverei ist die Geschichte meines Volkes.
Die Geschichte des Widerstands ist die Geschichte meines Volkes.
Die Geschichte der Überwindung ist die Geschichte meines Volkes.
Meine Geschichte lehrt mich, zu organisieren und zu erobern.
Meine Geschichte lehrt mich, durch Kampf zu lieben.
Meine Geschichte lehrt mich, trotz aller Widrigkeiten zu überleben.
In meiner Geschichte geht es um schönen Sonnenschein nach dunklen Stürmen.
Meine Geschichte macht mich frei und befreit mich.
Meine Geschichte heilt mich und gibt mir Kraft.
Meine Geschichte lässt meine Schritte federn.
Meine Geschichte bringt mich zum Lachen in Stürmen.
Meine Geschichte lässt mein Herz schlagen, während die Bomben fallen.
Meine Geschichte gibt mir den rhythmisch pulsierenden Tanz, während ich trauere.
Indem ich mir meine Geschichte vor Augen führe, lehne ich deine Demütigung ab.
Verfolgt von deiner Vergangenheit, schimpfst du mit mir.
Hurra, deine Geschichte ist nicht meine Geschichte.

Gedicht 76

Mein hübscher schamloser User

1) Als er erfuhr, dass ich in Deutschland war,
Stürzte er sich ganz unverfroren auf meinen WhatsApp-Chat.
„Stella, Baby, ich liebe dich sehr", erklärte er.
„Tu alles, was in deiner Macht steht, kleines Mädchen,
Um mich aus Uganda nach Deutschland zu bringen", flehte er!
Das geschah ein Jahr, nachdem er mich abserviert hatte.
Hmm, mein schöner Liebhaber ist ein schamloser User.

2) Als ich seinen ersten WhatsApp-Chat erhielt,
Verpasste ich ihm arrogant ein blaues Häkchen, um mich selbst
zu schützen.
Ich wollte nicht, dass er weiß, dass er mir noch etwas bedeutet.
„Komm schon, Kleines, ignoriere meinen Hilferuf nicht.
Du musst mir helfen, aus Uganda nach Deutschland zu kommen",
bat er.
Das geschah, nachdem er öffentlich meine politischen Gegner
unterstützte.
Hmm, mein schöner Liebhaber ist ein schamloser User.

3) Als ich seine getippten Chats auf meinem Telefon ignorierte,
Schickte er mir eine aufgezeichnete Sprachnachricht über
WhatsApp.
„Stella, meine Liebe, ich bin darauf angewiesen, dass du mich rettest!
Rette mich vor der Zerstörung meines Lebens in Uganda", bettelte er.
Ich lauschte seiner tiefen, rauen Stimme und schmolz wie
geschmolzene Lava.

Das geschah nach einem einsamen Jahr, in dem ich mich nachts in
den Schlaf weinte.
Hmm, mein schöner Liebhaber ist ein schamloser User.

4) Als ich seinen verzweifelten Hilfeschrei hörte,
Redete ich mir ein, dass jeder eine zweite Chance verdient hat.
Ich erinnerte mich an seine anfängliche Freundlichkeit, als er mich
noch liebte.
Ich fantasierte von neuen wilden Nächten voll unseres Liebesspiels
Und ich versprach, dass ich ihm helfen würde, nach Deutschland
zu kommen.
Das geschah, nachdem er mir ein Jahr lang den Rücken
zugekehrt hatte.
Hmm, mein schöner Liebhaber ist ein schamloser User.

Gedicht 77

Meine Feder weigert sich, nett zu ihnen zu sein

Sie wollten, dass Nettigkeiten aus meiner Feder fließen.
Ich habe mich geweigert, sie ihnen zu geben.
Mein Stift weigert sich, nett zu ihnen zu sein.

Sie drohten mir mit einem langsamen, schmerzhaften Tod.
Ich habe weiter mit Bitterkeit über sie geschrieben.
Mein Stift weigert sich, nett zu ihnen zu sein.

Sie schickten rückgratlose Journalisten, geben Schonfrist.
Ich schrieb neue Strophen auf, die sie verspotteten.
Mein Stift weigert sich, nett zu ihnen zu sein.

Sie nahmen mir meinen Job weg und sperrten mich ins Gefängnis.
Ich veröffentlichte Gedichte aus dem Gefängnis heraus und hab
sie entlarvt.
Mein Stift weigert sich, nett zu ihnen zu sein.

Sie wiesen geschulte Krankenschwestern an, mir übermäßig
Schmerzen zuzufügen.
Wegen ihnen erlitt ich eine Fehlgeburt.
Mein Stift weigert sich, nett zu ihnen zu sein.

Sie haben mein Heimatland zu einer traumatisierenden
Hölle gemacht.
Ich floh ins Exil, von wo aus ich immer noch über sie schreibe.
Mein Stift weigert sich, nett zu ihnen zu sein.

Sie wollen immer noch, dass Nettigkeiten aus meiner Feder fließen.
Ich weigere mich weiter, sie ihnen zu geben.
Mein Stift weigert sich, nett zu ihnen zu sein.

Gedicht 78

Umgang mit Schmerz und Scham

Ooooooh, die Schande!
Wie kann ich mit dem Schmerz umgehen?
Natürlich trage ich Schuld daran.
Ich sitze auf der Toilette und weine wie der Regen.
Ich suche nach einem erklärenden Rahmen.
Ich fürchte diesen neuen Familienfleck.
Mein Sohn, du befleckst unseren Familiennamen.
Dein Schulberater hat versucht es zu erklären.
Sich zu schneiden ist kein Spiel.
Sonnie, hilf mir, deinen Schmerz zu verstehen.
Als Mutter fühle ich mich so labil.
Völlig ahnungslos, meine Unwissenheit ist offensichtlich.
Im Exil ist die Familie mein wertvollstes Gut.
Aber jetzt gibt es für mich keine Ehre mehr zu heucheln.
Mein eigener Sohn schneidet sich wieder und wieder und wieder …
Frische Narben kreuzen seine Brust wie Bahnschienen.
Mein Sohn, wie kann ich deine Schmerzen lindern?
Mein Gott, die Schande belastet und verhindert!
Ich bete, dass ich nie eine Erklärung abgeben muss, einen Grund.
Sorge, Gott, dafür, dass ich und meine Kinder sicher bleiben und gesund.

Gedicht 79

Worte aufschreiben heilt meine Depression

Hau ab!
Lass mich in Ruhe.
Öffne meine Vorhänge nicht.
Öffne die Fenster nicht.
Was soll's, wenn es dunkel und stickig ist?
Ich fühle mich so stickig wie mein Zimmer.
Lass mich in Ruhe!
Husch, hau ab.
Zieh mir meine Bettdecke nicht weg.
Zwing mich nicht, wieder zu leben.
Zwing mich nicht aufzustehen.
Ich bin traurig und wütend und stinke.
Ich habe keine Lust zu duschen.
Ich ziehe es vor, gestresst und schmutzig zu sein.
Schalte das Licht nicht ein.
Zwing mich nicht, mir die Zähne zu putzen.
Ich bin zu müde, um wieder zu atmen.
Ich möchte aufgeben.
Ich möcht mich verstecken.
Ich möchte weinen.
Ich möchte sterben.
Ich will meinen Papa.
Ich will meine Mama.
Ich will keine Mumie sein.
Ich möchte mich einfach nur in mein Schneckenhaus verkriechen.
Gib mir eine Schale – eine große, harte Schale.
Ich kämpfe mit Schlaflosigkeit.
Ich kämpfe mit Paranoia.

Ich kämpfe mit dem Syndrom der Überlebenden.
Ich kämpfe mit Burn-out.
Ich kämpfe mit Lethargie.
Ich kämpfe mit sozialen Ängsten.
Ich kämpfe mit Trennungsangst.
Ich kämpfe mit invasiven Flashbacks.
Ich kämpfe mit Albträumen aus der Hölle.
Ich ziehe die Einsamkeit vor.
Ich bevorzuge Stille.
Wenn ich sprechen muss, zieh ich das Selbstgespräch vor.
Der Monolog ist brillant.
Dennoch sagen die Leute, dass mit sich selbst zu reden verrückt ist.
Ich führe gern Selbstgespräche.
Ich stelle mir Fragen.
Ich beantworte mir meine Fragen.
Ich schreibe in meine Notizbücher.
Ich schreib mit den Stiften unter meinem Kopfkissen.
Ich schreib mit dem Stift auf meiner Toilette.
Ich schreib mit dem Stift über meinen Herd.
Ich schreib auf Toilettenwände und Einkaufsbelege.
Ich schreib auf Servietten von Restaurants.
Ich schreib meinen Wahnsinn weg.
Ich schreib mit meiner Traurigkeit.
Ich schreib über die Schlechtigkeit.
Ich schreib mich zur Freude.
Ich schreib mit so viel Lautstärke.
Hau ab!
Lass mich allein sitzen und schreiben.
Ich schreibe, um mich selbst zu heilen.
Ich schreibe, um mich selbst zu lieben.

Ich schreibe aus Vernunft, um meine Kinder zu erziehen.
Ich schreibe mich in die Klarheit.
Ich schrieb zur Selbsterhaltung auf Gefängniswände.
Ich schrieb auf die Wände in Polizeizellen, um weiter zu kämpfen.
Ich schrieb, ich schreibe, und ich werde schreiben.
Ich schreibe, um zu kämpfen.
Ich schreibe, um Dämonen zu bekämpfen.
Ich schreibe, um Psychosen zu besiegen.
Ich schreibe, um meine Traumata zu heilen.
Ich schreibe, um zu entgiften.
Ich schreibe, um mich zu rehydrieren.
Ich schreibe, um die Geister zu vertreiben.
Ich schreibe, um das Gift auszuscheiden.
Ich schreibe mich aus der Dunkelheit ins Licht.
Am Anfang war das Wort,
Und das Wort war bei Gott.
Meine Vorfahren sind vielleicht nicht mehr da,
Aber sie ließen mich in ihren Worten zurück.
Gib mir ein Wort
Und hau ab!

Gedicht 80

Lächle mit mir

Lächelst du mit mir
Auch nur für kurze Zeit?
Siehst du, wenn du lächelst
Reduziert das Verhalten die Galle.
Allerdings ist der zweite Lockdown abscheulich,
Deine Liebe könnte dich zum Altar führen, neuerlich.
Obwohl gleiche Nummer, kommt der Premierminister dich nicht
auswählen,
Du befindest dich weit über dem Armutsniveau, ohne zu stehlen.
Dein Name war zwar nicht in Robinahs Akte geführt,
Doch du bist noch am Leben und tötest mit Stil.
Auch wenn man kilometerweit laufen muss, shit,
Deine Segnungen fließen immer noch wie der Nil.
Und so, bitte lächle mit,
Denn du und ich leben mit Stil.

Gedicht 81

Todesangst im Exil

Der Schmerz ist so unangenehm, dass ich ihn nicht ignorieren kann!
Er eskaliert über Tage in meinem Unterbauch,
Krämpfe, die viel schlimmer sind als Dysmenorrhoe,
Quälend wie ein heißes, stumpfes Messer, das sich eingräbt,
Hin- und hergerissen wie eine Kettensäge,
Pulsierend wie die Hölle und meine Gebärmutter röstend,
So ein Brennen und Reißen, mehr Brennen und Reißen, mehr
Brennen und Reißen ...
Es lähmt mit jedem grässlichen Gerinnsel,
Meine warmen, blutgetränkten Lagen von Menstruationsbinden,
Frustrierender Blutverlust, der überall austritt,
Ich stank, als wären meine Eingeweide verfault,
Unbeweglich macht es, weil es mich in meinem Bett einsperrt,
Mit einer so starken Übelkeit, dass ich nicht essen kann,
Es demobilisierte meine Funktionalität,
Wenn ich auf meinen Arzttermin wartete.

Die Schmerzen sind viel schlimmer als bei einer natürlichen Geburt,
Ich wurde fast ohnmächtig davon, als die Ohnmacht kam.
Der gröbsten Klumpen des dunkelsten Blutes ...
Ich war überzeugt, dass mein Tod unmittelbar bevorstand,
Ich habe mein Testament aktualisiert
Als ich blutend auf der Toilette saß.
Danach zerfiel das Blut zu Tröpfchen.

Zwei Tage später hatte ich einen Termin beim Arzt.
Der Gang auf die Waage zeigt den Gewichtsverlust an.
Thermometer messen meine Temperatur,

Eine Armbinde misst meinen Blutdruck,
Nadeln stechen und Spritzen saugen mein Blut,
Dutzende von Objektträgern für die Bluttests,
Blutgefärbte Urinproben für weitere Tests ...
Meine Krankengeschichte ist rein:
Monatelang kein Sex im Exil,
Keine Schwangerschaft, keine Fehlgeburt, keine Abtreibung,
Keine Harnwegsinfektion,
Keine Entzündungserkrankungen des Beckens,
Keine sexuell übertragbaren Krankheiten,
Keine medizinischen Probleme mit dem Genitalharn,
Verschreibung von Eisenoxid und schmerzlindernden Mitteln,
Überweisung an einen Geburtshelfer und Gynäkologen,
Vier Tage später stieß eine Sonde in meinen Körper.
Enthüllt war alles sehr, sehr, sehr gut,
Abgesehen von der heilenden Narbe einer frischen Wunde.

Gedicht 82

Der erste Bürger von Uganda

1) Der erste Bürger von Uganda
Fungierte als Schiedsrichter,
blies seine schrille Pfeife
Und rief die Streithähne zusammen,
Für eine Standpauke von Big Daddy.
Auf zum State House,
Dahin gingen die beiden kämpfenden Teamkollegen.

2) Der erste Bürger von Uganda
Spielte sich als Feuerlöscher auf,
Versprühte sein kühlendes Kohlendioxid
Und kühlte die lodernden Feuer ab;
Gefährliche Brände, die das Haus in Brand setzen.
Auf zum State House,
Dahin gingen die beiden brennenden Anführer des Parlaments.

3) Der erste Bürger von Uganda
Tarnte sich als Rettungsboot,
Schwebte über den tobenden Wassern
Und rettete die sinkenden Schwimmer.
Ihr kenterndes Schiff beschämte ihn.
Auf zum State House,
Dahin gingen die beiden ertrinkenden Redner der Legislative.

4) Der erste Bürger von Uganda
Verkleidete sich als Jesus Christus,
Öffnete sein Heil für die Sünder

Und befahl ihnen, die öffentlichen Kampagnen einzustellen.
Er erteilte seinen tödlichen „Befehl von oben“.
Auf zum State House,
Die Autonomie des Parlaments wurde aufgegeben.

Gedicht 83

Teilweise rasiert

Letzte Nacht, als ich mich langsam rasierte,
Mein raues schwarzes Schamhaar,
Stürzten die Säulen meiner Zuversicht,
Denn ich dachte an Ugandas schlimmsten Schrecken:
Diktator Museveni schützte sie nie,
Sondern vergiftete unsere Luft.
Sein Regime ist ein einziger blutgetränkter Albtraum.
Seine Bewaffneten sind brutal fehlgeleitet.
Seine schießwütigen Hooligans müssen wir herausfordern.
Die Ugander haben seinen Blutbädern getrotzt.
Unser Widerstand erstickt an der giftigen, verschmutzten Luft.
Überwältigt vom Kummer der Verdorbenen,
Warf ich meinen Rasierer achtlos weg.
Letzte Nacht habe ich die eine Seite unrasiert gelassen.
Mein raues schwarzes Haar der Scham.

Gedicht 84

Lächeln

Lächle unter deiner Maske!
Du bist am Leben, doch viele sind gestorben.
COVID-19 hat das Leben zu einer Aufgabe gemacht.
Die Depression wird dadurch noch verstärkt.
Komm Freitag in der Abenddämmerung zu den Dichter:innen.
Ihr Rhythmus füllt dich wieder mit Würde aus.
Nimm ein Getränk in einer Flasche oder einem Flachmann mit.
Gedichte schenken all den Überlebenden ein Lächeln.

Lächle dich auch durch diesen zweiten Lockdown.
Er ist schon fast zuende am zweiundvierzigsten Tag.
Gib der Versuchung nicht nach, ständig die Stirn zu runzeln.
Selbst in der Finsternis bleibt Hoffnung.
Die Dichter von Kelele treffen sich in der Stadt.
Sie brauen machtvolle Poesie, die schwingt.
Achte auf den Rhythmus von Verb und Substantiv.
Gedichte heilen Seelen auf mannigfache Weise.

Lächle, wenn der Lebensmittelladen leer ist.
Deine Sorge unterstreicht, dass du am Leben bist.
Lächle, wenn man dich zum Weinen bringt.
Denn deine Leidenschaft wird dafür sorgen, dass du gedeihst.
Lächle, wenn dein Handy-Guthaben aufgebraucht ist.
Armut kann sehr motivieren.
Lächle beim Poesiegrillfest von Kelele.
Unsere Gedichte zielen darauf ab, uns vollzutanken, zu beleben.

Gedicht 85

Involviert aus der Ferne

Frustriert über die Nachrichten aus der Heimat,
Durch die zunehmende Unterdrückung zur Verzweiflung getrieben,
Verbittert, ständig verzweifelt,
Distanz, Unbeteiligtsein und Unverbindlichkeit reicht nicht aus.
Entmenschlichung der eigenen Person ist jetzt die Norm,
Korrupte Gangster werden zu Halbgöttern erhoben.
Die Organisation des Massenwiderstands ist nur lauwarm:
Weder heiß noch kalt, sondern gelähmt und rückgratlos.
Burn-out, Müdigkeit, ein Abweichen von der Bewegung zur Befreiung ...
Einst heiße Feuer des Widerstands sind nun nur feuchte, warme Asche.
Leider sind wir, die breite Masse, auf uns allein gestellt.
Gewählte und ernannte Führungskräfte führen das Volk nur in die Irre.
Und so stürz ich mich wieder in Aktion, Wiedererweckung:
Organisieren, Wachrütteln, Mobilisieren über Meilen hinweg.
Den Widerstand entfachen über viele Zeitzonen hinweg.
Die Tagesordnungen neu festlegen, Ideen hüten, Hände halten,
Heilende Öle in verletzte Egos gießen, zersplitterte Einheit aufmöbeln,
Diese Gruppe zu befrieden, jenen Konflikt schlichten, neue Brände schüren,
Neues Benzin in müde Tanks füllen, Spenden sammeln, Petitionen schreiben,
Führen, koordinieren, Plattformen schaffen, Türen öffnen,
Eine Million kleiner Dinge in Ordnung bringen, mächtige Akteure verbinden,

Stäbe weitergeben, Trillerpfeifen blasen, Brände löschen ...
Ich setze meine ungestümen Gefühle in die Tat um.
Ich nehme mein Dabeisein über die Entfernung wieder auf.
Ich bin dabei bei Massenaktionen wider die Stürme
Wütender Tyrannei gegen das Land, das ich meine Heimat nenne.
Ich geb den Kämpfen der Entrechteten neuen Schwung,
Entkräftet und entmannt bis zur Unkenntlichkeit.
Ich schleppe meinen alten schwarzen Arsch zurück an die Front.
Uganda ist eine drohend tickende Bombe.
Das tick-tick-tick-tick-ticka:tick-ticka:tick ist ein Aplomb.
Ich lehne Apathie und Trägheit ab und engagier mich aus der Ferne.
Zur Mobilisierung schreibe ich noch eine Petition, ein Lied oder ein Gedicht.

Gedicht 86

Von Schlangen und Raupen

Frau, wie werdende, wachsende Schlangen,
Schält sich deine Bewegung aus der Haut.
Langsam, schmerzhaft, mühelos
Weicht deine äußere Hülle dem Neuen,
Funkelt wie Lichter auf Diamanten
Und ist doch so weich und sinnlich wie eine Eichel.
Einst stach sie ins Auge, jetzt ist sie taktvoll verborgen.
Wachse, Frauenbewegung, wachse!
Schlängle dich in diese Richtung und in die andere,
Lass unterwegs kleine Schlangen zurück, die aus Eiern schlüpfen.
Zische deine Wahrheiten hart zum Rhythmus der Rasseln.
Deine entschuppte Haut füllt Bücher in Bibliotheken.
Früher hast du BHs verbrannt, aber jetzt bist du Kanzlerin.

Frau, wie reifende Raupen, die sich verändern,
Dein Widerstand besiegt alternde Feinde.
Stetig, nachdrücklich, quälend
Ist deinem Ei eine gierige Raupe entschlüpft, die sich verpuppt hat,
Verblüfft durch die Schönheit der Schmetterlinge,
Werden einige angezogen, andere abgestoßen.
Einst ungläubig bestaunt, heute bist du Weltideologie.
Flieg, Frauenbewegung, flieg!
Flattere in diese Richtung und flattere in die andere,
Bestäube Pflanzen mit Pollen, der beim Verzehr von süßem Nektar
gesammelt wird.
Verschönere unsere Welt mit deiner breiten Palette an Farben.

Deine Metamorphosen haben die Geschichte der Unterdrückung verändert.
Früher hast du gebettelt, wählen zu dürfen, aber jetzt bist du nicht mehr binär.

Obwohl Dichterin und Träumerin,
Bin ich ein engagiertes Mitglied.
Bin ich eine überzeugte Gläubigerin,
Eine Bewunderin und Mitwirkende
Der Frauenbewegung weltweit.

Gedicht 87

Ein Niemand im Tod

Wird sie ihren Reichtum mit
In das tiefe Grab in der Erde nehmen,
Wenn sie endlich geht?

Wird sie die Milliarden abheben,
Die sie auf Offshore-Bankkonten angespart hat
Und alles ausgeben, bevor sie geht?

Wird sie die riesigen Grundstücke mitnehmen,
Mit den hoch aufragenden Wolkenkratzern,
Und sie im Jenseits wiederaufbauen?

Wird sie vor Angst zittern,
Wenn sie die Ermordeten trifft,
Oder wird sie um Vergebung bitten?

Wird sie schockiert sein über den Schmerz,
Wenn die Maden beginnen, ihren Leichnam zu fressen,
Anstatt Jesus zu begegnen auf goldgepflasterten Pfaden?

Wird sie sich über ihre Ohnmacht wundern,
Wenn niemand sie grüßt,
Weil sie im Tod ein Niemand ist?
Ein Niemand, der schläft in einem 8 mal 2 Meter großen Loch in der Erde.

Gedicht 88

Wewe Mshairi Wetu (Du bist unser Dichter)

Dichter: Mimi mshairi wenu
Zuhörer: Wewe mshairi wetu.
Dichter: Mimi, mimi, mimi-mimi ...
Zuhörer: Wewe mshairi wetu.
Dichter: Ich bin euer Dichter!
Zuhörer: Wewe mshairi wetu.
Dichter: Ich, ich bin euer Dichter.
Zuhörer: Wewe mshairi wetu.
Dichter: Ich bin ein Dichter aus Kampala.
Zuhörer: Wewe mshairi wetu.
Dichter: In meinem Land bin ich
ein unerwünschter Dichter.
Zuhörer: Wewe mshairi wetu.
Dichter: Ich bin ein Dichter, der unerwünscht ist.
Zuhörer: Wewe mshairi wetu.
Dichter: Unerwünscht nicht, weil ich kriminell bin.
Zuhörer: Wewe mshairi wetu.
Dichter: Unerwünscht nicht, weil ich verrückt bin.
Zuhörer: Wewe mshairi wetu.
Dichter: Unerwünscht nicht, weil ich faul bin.
Zuhörer: Wewe mshairi wetu.
Dichter: Unerwünscht nicht, weil ich schlecht bin.
Zuhörer: Wewe mshairi wetu.
Dichter: Unerwünscht, ein Dichter, unerwünscht.
Zuhörer: Wewe mshairi wetu.
Dichter: Ich bin ein Dichter der Wahrheit.
Zuhörer: Wewe mshairi wetu.
Dichter: Ich, ich bin ein Dichter.

Zuhörer: Wewe mshairi wetu.

Dichter: Ich bin ein Dichter der Armen.

Zuhörer: Wewe mshairi wetu.

Dichter: Ich bin ein Dichter der Hungrigen.

Zuhörer: Wewe mshairi wetu.

Dichter: Ich bin ein Dichter des Schmutzigen.

Zuhörer: Wewe mshairi wetu.

Dichter: Ich bin ein Dichter der Arbeitslosen.

Zuhörer: Wewe mshairi wetu.

Dichter: Ich bin ein Dichter der Kranken.

Zuhörer: Wewe mshairi wetu.

Dichter: Ich bin ein Dichter der Vergessenen.

Zuhörer: Wewe mshairi wetu.

Dichter: Ich bin ein Dichter der Abgelehnten.

Zuhörer: Wewe mshairi wetu.

Dichter: Ich bin ein Dichter der Verbannten.

Zuhörer: Wewe mshairi wetu.

Dichter: Ich bin ein Dichter der Eingesperrten.

Zuhörer: Wewe mshairi wetu.

Dichter: Ich bin ein Dichter der Verstummten.

Zuhörer: Wewe mshairi wetu.

Dichter: Ich bin ein Dichter der Vergewaltigten.

Zuhörer: Wewe mshairi wetu.

Dichter: Ich bin ein Dichter der Geschlagenen.

Zuhörer: Wewe mshairi wetu.

Dichter: Ich bin ein Dichter der Nation.

Zuhörer: Wewe mshairi wetu.

Dichter: Ich bin euer Dichter.

Zuhörer: Wewe mshairi wetu.

Dichter: Ich bin euer Dichter.

Zuhörer: Wewe mshairi wetu.

Gedicht 89
Befreiungspoesie

Wenn Dichter:innen sich versammeln,
Hole ich mein Kitenge-Kleid,
Nehm mein Papyrus-Kikapu,
Poliere meine guten Schuhe,
Putze meine beigen Zähne
Und leg mir feuerroten Lippenstift auf.
Ich gehe hinaus, um das Leben einzuatmen,
Denn wenn die Dichter sich versammeln
Sammelt sich das Leben in aller Fülle.
Ich gehe mit meinem Stift und meinem Buch hinaus,
Denn wenn die Dichter:innen sich versammeln,
Versammelt sich das Wissen in ganzer Fülle.
Ich gehe mit meiner Powerfaust hinaus,
Denn wenn Dichter:innen sich versammeln
Versammelt sich die Dissidenz in ihrer Schönheit.
Ich gehe mit meinen Träumen von Freiheit hinaus,
Denn wenn Dichterinnen sich versammeln
Versammeln sich die wahren Möglichkeiten der Nation.
Wenn Dichter:innen sich versammeln,
Nehm ich mein ganzes Wesen mit zusammen,
Um zur Versammlung zu gehen,
Denn wenn alle Hoffnung stirbt
Kann Poesie die Revolution neu entfachen.
Poesie kann uns die Freiheit bringen.

Gedicht 90

Auf unseren Knien

He-he! Ich lebe so frech wie ich will.
Wenn dich das stört, gib ich dir meine Schmerzen gern.
Siehst du, ich bin so schamlos wie ein Ziegenkäse,
Der alles vollstinkt und so dreist wie ein Fleck.
Wenn ich vorbeikomm, spürst du mich wie einen Windhauch.
Ich hinterlasse eine Spur, die so sichtbar ist wie der Dampf einer alten Lok.
Für deine Unsicherheit werde ich mir meine Pracht nicht eingefrieren lassen.
Wundersame Ideen schießen mir ins Hirn, laden sich auf, verschwinden.
Frech wie Oskar hat meine Zuversicht eine lange Lebensdauer.
Es hat mich Jahre gekostet, mich von der Drangsal des Patriarchats zu befreien.
Ich wurde in einem Volk erzogen, das seine Töchter auf die Knie zwingt.
Weiblicher Anstand und Ehrbarkeit zeigt sich auf unseren Knien.
Gute Erziehung und verdienstvolles Aufhübschen schätzt man bei uns auf den Knien.
Gute weibliche Manieren und pflichtbewusste Ehrerbietung sieht man auf Knien.
Man sieht eine wohlerzogene, kultivierte, gute Frau auf ihren Knien.
Eine Schönheit, die das Zeug zur Ehefrau hat, sie liegt auf den Knien.
Eine süße, unterwürfige Frau liebt ihren Mann respektvoll auf Knien,
Wie eine gute Tochter zu ihrem Vater, der sie auf Knien erzogen hat.
Bei der Begrüßung am Morgen, am Nachmittag oder am Abend,
So fällt ein braves Mädchen demütig auf die Knie,
Wie auch die respektvolle Frau, die sich selbst respektiert,

Beim Servieren der Speisen für die Gäste und Angehörigen.
Eine gute Frau spielt ihre Rolle mit Freuden auf den Knien.
Bei der Begrüßung ihrer Clanältesten und gesellschaftlicher Würdenträger,
Sinkt eine gepflegte Frau auf die Knie.
Ungeachtet der Schmerzen, die Frauen auf ihren Knien ertragen mussten,
Erziehen sie ihre Töchter, ihnen auf den Knien nachzueifern,
Und positionieren ihre Enkelinnen respektvoll auf ihren Knien.
Ich wuchs auf, mit der Ideologie: der Platz eines guten Mädchens ist auf den Knien.
Ich habe hart gekämpft, um mich vom Leben auf den Knien zu befreien.
Oh, was für ein Sieg, meine erwachsenen Knie werden ganz weich.
Und deshalb, lebe ich so frech wie ich will.
Wenn dich das stört, lebe ich trotzdem so frech wie ich will.

Gedicht 91

Ich bin eine Frau

Ich bin eine Frau, die für ihre Werte einsteht,
Unempfindlich gegen die Mechanismen der Macht,
Unbeeindruckt von den Hassreden, die man über diejenigen
Verbreitet, die sich gegen den Hass stellen.
Entschlossenheit: Konzentration auf die Neutralisierung dieses Minenfelds,
Entschärfe die Bomben, die man mit Frauenfeindlichkeit ausgelegt hat,
Deaktiviere den Sprengstoff, den man mit Homophobie ausgelegt hat,
Mit Transphobie bewaffnete Roboterzombies sind zu entwaffnen.
Ich bin eine Frau, die stark ist wie eine alte Eichentür,
Von so vielen wilden Regengüssen hin und her getrieben
Und dennoch standhaft gegen Hassverbrechen,
Die man heftig mobilisiert gegen Minderheiten.
Durch und durch der Schwesternschaft und Solidarität verpflichtet,
Der Lehre gegen patriarchalische Ideologie von der Minderwertigkeit der Frau,
Dem Protest gegen Femizid an kleinen Mädchen, Jungfrauen und Frauen,
Dem Eintreten für volle Menschlichkeit der Frauen, geschlechtlicher Minderheiten,
Die Frau in allen zu sehen, die sich als Frau bekennen und das Frausein annehmen,
Die Liebe predigen, indem man Liebe trotz vieler Widrigkeiten lebt.
Ich bin eine Frau, die vom Feminismus angetrieben wird.
Ich bin eine Frau, die menstruiert oder niemals menstruiert.
Ich bin eine Frau, die Kinder gebärt oder keine Gebärmutter hat.
Ich bin eine Frau, die Frauen liebt womxn liebt womyn liebt dich Mann.
Ich bin eine Frau – ein vollwertiger Mensch, genau wie du, Mann.
Ich bin eine Frau – ein Mensch.

Gedicht 92
Krieg gegen die digitale Meinungsfreiheit

Ein Meme mögen, teilen oder retweeten
Zu einem regierungsfeindlichen Thema.
Du wirst verhaftet, angeklagt und strafrechtlich verfolgt werden.
Werden wir bald, um endlich stumm zu sein, hingerichtet werden?

Entwirf eine verschlüsselte, kostenlose App
Die Infodienstleister nicht abhören können.
Du wirst verhaftet, angeklagt und strafrechtlich verfolgt werden.
Werden wir bald, um endlich stumm zu sein, hingerichtet werden?

Verhindere, dass die Regierung ein Hintertürchen findet.
Deine Plattform zieht viele Dissidenten an.
Du wirst verhaftet, angeklagt und strafrechtlich verfolgt werden.
Werden wir bald, um endlich stumm zu sein, hingerichtet werden?

Schreibe ein schmutziges, unanständiges Gedicht.
Stelle es über dein Telefon online.
Du wirst verhaftet, angeklagt und strafrechtlich verfolgt werden.
Werden wir bald, um endlich stumm zu sein, hingerichtet werden?

Fotografiere Sicherheitskräfte, die Rechte verletzten.
Teile die Beweise auf www lights.
Du wirst verhaftet, angeklagt und strafrechtlich verfolgt werden.
Werden wir bald, um endlich stumm zu sein, hingerichtet werden?

Organisiere virtuell etwas für freie Meinungsäußerung.
Bau den Widerstand gegen den Zensurwahn aus.
Du wirst verhaftet, angeklagt und strafrechtlich verfolgt werden.
Werden wir bald, um endlich stumm zu sein, hingerichtet werden?

Gedicht 93

Zwei Männer schlafen im selben Bett

Zwei Männer schlafen im selben Bett.
Der eine ist der Zahnarzt deiner Tochter.
Er hat beruhigend gesungen, als ihr Zahnfleisch blutete.
Der andere ist ein angesehener Friseur.
Er schneidet zärtlich all das Haar auf deinem Kopf.
Obwohl sie keine Etiketten tragen,
Macht ihre Liebe sie nach deinem Gesetz zu Rebellen.
Diese beiden Männer schlafen im selben Bett.

Zwei Frauen schlafen im selben Bett.
Die eine ist die Direktorin der Schule deiner Kinder.
Sie leitet und diszipliniert die von ihr Geführten.
Die andere ist eine Schneiderin mit guter Adresse.
Sie näht Kleider und Anzüge für die, die heiraten wollen.
Obwohl sie keine Orden tragen,
Ist ihre queere Liebe der Stoff, aus dem Heldengeschichten
gemacht sind.
Diese beiden Frauen schlafen im selben Bett.

Gedicht 94

Von deformiertem Lächeln und gescheiterten Revolutionen

Wenn ich an Ugandas
Gescheiterte Revolution denke,
Schäme ich mich,
senke meine Augen
Und lächle
In Ermangelung einer Lösung schamhaft.
Ja – du weißt schon,
Dieses entstellte Lächeln, wenn man sich windet.
Dieses Lächeln, das aussieht
Wie eine triumphale, vorzeitige Ejakulation.
Wer trägt die Schuld
An unserer schwer fassbaren Befreiung?
Aaargh, ich sollte mit diesen
Unbequemen Grübeleien und Überlegungen aufhören.
Und so lächle ich,
Lahm vor Niedergeschlagenheit.
Mein Lächeln ist wie
Sperma in einem Kondom verhüten,
Ein lauwarmes
Unproduktives, spöttisches Lächeln.
Oooh, lass uns reden
Über das falsche Lächeln und die falsche Revolution.

Gedicht 95

Du hast es versäumt, da zu sein

Obwohl getrennt,
Bin ich für dich da.
Ich liebe Dich hart,
Trotz unserer Trennung.
Zahle die Studiengebühren.
Die monatliche Miete.
Bezahle Krankenhausrechnungen.
Für dich, deine Baby Mama und dein Baby.
Die Kosten für das am Tropfhängen im Krankheitsfall.
Bezahle deine Anwaltskosten.
Deine hohen Kautionsgebühren.
Bezahle deine Polizeikaution.
Bezahle die Besuche bei dir im Gefängnis.
Bezahle mit meinem hart verdienten Geld.
Bezahle Geld, weil ich dich liebe.
Auch wenn wir getrennt sind, bin ich noch immer für dich da.
Doch du hast es versäumt, für mich da zu sein,
Als meine Tochter krank war.
Du hast es versäumt, da zu sein,
Als mein Sohn operiert wurde.
Du hast es versäumt, da zu sein,
Als mein anderer Sohn sich schnitt.
Du hast dich nicht gekümmert.
Die einzigen Zeiten, in denen ich deine Hilfe brauchte.
Du hast es versäumt, für mich da zu sein.
Warum soll ich mich weiter kümmern?

Gedicht 96

Wir kommen beide aus Uganda

Wir kommen beide aus Uganda,
Dennoch bestraft er seine Frau mit Schlägen,
Während ihre Kinder das Drama verfolgen.
Als sie sich wehrt, lässt er sie blutend liegen.
Er stieß ihren Kopf auf die harte Veranda,
Dennoch nennt sie ihn weiterhin „Meinen Liebling“.
Ich habe meine Kinder davon abgehalten, ihr Haus zu besuchen.
Ich werde sie nicht mit Gewalt als Norm sozialisieren.

Wir kommen beide aus Uganda,
Dennoch betrügt er seine Frau ohne Respekt.
Er gelobte ihr die Ehe und schwor, ihr treu zu sein.
Dennoch befruchtete er wahllos verschiedene Gebärmütter.
Als sie ihn zur Rede stellte, schlug er sie.
Im Rausch schwängerte er auch sie.
Ich habe meine Kinder davon abgehalten, ihr Haus zu besuchen.
Ich werde sie nicht mit Gewalt als Norm erziehen.

Wir kommen beide aus Uganda,
Dennoch vergewaltigt er Frauen, die sich mit ihm verbrüdern.
Er nimmt ihr Geld, um es genüsslich zu verpulvern,
Doch seiner Frau fehlt es an Winterkleidung für die Kinder.
Groß, gutaussehend und schlank ist er ein Casanova,
Der sich offenkundig weigert, Kondome zu benutzen
Oder trickst, wenn man darauf besteht.
Ich habe meine Kinder davon abgehalten, ihr Haus zu besuchen.
Ich werde sie nicht mit Gewalt als Norm bemuttern.

Gedicht 97

Das Exil ist eine Flasche mit Medizin

Das Exil ist eine große Flasche mit bittersüßer Medizin:
Die Heilung eines jahrelang nicht diagnostizierten Traumas,
Das sanfte Herausdrücken tief vergrabener Psychosen,
Eiter aus den verborgenen Wunden des Kummers ...
Wie viele Verwandte, Kameraden, Nachbarn und Bürger
Wurden kaltblütig ermordet und blieben unbestattet?
Der Schmerz über Verluste, die sich im Geiste türmen, der mit
Verfolgung kämpft,
Ein Geist, zu sehr damit beschäftigt, ohne Einkünfte über die
Runden zu kommen,
Ein Geist, der zivilen Ungehorsam und gewaltfreie Proteste plant
Gegen einen brutalen, militarisierten, korrupten und kriminellen
Despoten ...
Ein Tod im Exil setzt bodenlose Brunnen von Tränen frei.
Die Beerdigung eines neuen Bekannten im Exil lässt Ozeane der
Trauer aufbrechen.
Das Öffnen der Büchse der Pandora mit jahrelang nicht vergossenen
Tränen.
Noch ein paar Tote im Exil, und es wird sprießen wie Frühling nach
dem Winter.

Exil ist eine kleine, beschichtete Kapsel, die mit Arzneimitteln
gefüllt ist.
Heilung körperlicher, emotionaler und geistiger Verletzung,
Verdünnung der Giftstoffe, die durchs jahrzehntelange Leben in
einer Diktatur aufgenommen wurden,
Oxidation giftiger Gase zu Tumoren in unserem Körper,

Bekämpfung der Degeneration durch Abnutzung aufgrund von
Widerstand,
Reinigung des Chi des verwundeten Soldaten, der aus dem Kampf
zurückgekehrt ist,
Wiederherstellung von Leben, Wohlbefinden, Wellness und
geistiger Gesundheit,
Die Verjüngung des Wesens eines Überlebenden verschiedener
Verfolgung,
Langsame Heilung durch den Schmerz der Trennung und
Enteignung.
Die Zeit im Exil ist notwendig, um die Seele zu heilen.
Mit der Heilung kommt auch die Dankbarkeit für bisher
ungesehene Segnungen.
Mit der Dankbarkeit kommt die Hoffnung auf neue Anfänge und
alte Potenziale.

Das Exil hat die Produktionen meiner Feder tatsächlich geheilt.
Wenn die Leute meine Gedichte hören, fragen sie nicht mehr nach
der Wut.
Wenn die Leute, die mich vorher kannten, meine neuen Gedichte
hören,
Fragen sie, wer mir das Feuer unter dem Hintern genommen hat.
Das Exil brachte einige Rosenknospen aus meinem Mund hervor.

Gedicht 98

Wieder am Scheideweg

Bald stehe ich wieder am Scheideweg.
Ich packe meine Koffer ganz langsam, denn ich weiß noch nicht, wie es weiter geht.
Ich bereite meine Kinder auf die Ungewissheit vor, die vor uns liegt.
Mein Writer-in-Exile-Stipendium läuft sehr bald aus.
Meine Aufenthaltserlaubnis für Deutschland läuft ab.
Auch mein Mietverhältnis in Bayern wird enden.

Langsam und stetig gelange ich an den Scheideweg.
Soll ich Asyl beantragen?
Das Aushandeln von Protokollen zur Bestimmung des Flüchtlingsstatus,
Besorgen Sie sich einen dunkelblauen Flüchtlingspass;
Den Pass des Hochkommissariats der Vereinten Nationen für Flüchtlinge?
Werde ich, eines Tages in der Zukunft, im Exil sterben?
Genau so wie Ssekabaka Edward Muteesa II, der König meines Volkes,
Der im Exil starb, nach London verbannt?

Zielsicher führen meine Schritte wieder an den Scheideweg.
Soll ich die ugandische Staatsbürgerschaft aufgeben?
Die deutsche Staatsbürgerschaft beantragen,
Dadurch eine europäische Staatsbürgerschaft erwerben,
Und mich so dazu bringen, ein neues Leben aufzubauen?
Soll ich die Stammmutter einer neuen Variante Afrodeutscher werden?
Die Urgroßmutter eines ganzen Clans gemischtrassiger Bürger,

Vorfahrin der fleißigen, Tracht tragenden ugandischen Bayern;
Eine neue Generation von ugandischen Münchnern in Dirndl und
    Lederhosen?

Ja sicher, meine Lebensgeschichte steht wieder am Scheideweg.
Soll ich in das Land zurückkehren, in dem meine Vorfahren
    begraben sind?
Soll ich tapfer sein und auf jeden Fall wieder am Flughafen in
    Entebbe ankommen?
Soll ich es also Odysseus gleichtun, der nach Ithaka zurückkehrte?
Soll ich es Nawal El Saadawi gleichtun, die nach vielen Jahren im
    Exil wieder nach Hause zurückgekehrt ist?

Gedicht 99

Sex mit Yoweri

Ich komme nach Hause zurück,
Um Yoweri mit meinem spitzen
Bleistift in den Arsch zu ficken,
Unanständige Gedichte zu schreiben,
Ihm seine Militärhose runterzuziehen
Und ihn hart ranzunehmen
Mit schmerzhaften Metaphern.

Ich komme nach Hause zurück,
Um Yoweri mit meiner gut geölten
Zunge zu lecken,
Mit Lyrischer Satire zu wachsen,
Seinen Unbeschnittenen abzusaugen
Und ihn dazu bringen, dafür zu plädieren,
Die Geschichte solle ihren Terror ungeschehen machen.

Ich komme nach Hause zurück,
Mich mit Yoweri zu paaren,
Mit meinem groben Dildo
Die Memoiren des Abends zu zerreißen,
Sein stummes Unrecht wiedergutmachen,
Und die Stille zu durchbrechen,
Die seine korrupte Tyrannei verschleiert.

Ich komme nach Hause zurück,
Um sowohl Janet als auch Yoweri zu ärgern,
Mit Poesie, Posts und Protesten.
Oh ja, ich verlasse das Exil

Und komme wieder nach Hause,
Um mich in die Freiheit zu ficken,
Und dabei Alle Macht dem Volk zu schreien.

Coda: Wer braucht da eine Waffe, wenn ein Gedicht reicht?
Ich habe in Gayaza und Makerere Poesie studiert.

Gedicht 100

Die Haubenkranichhenne reckt ihren Hals

Die Haubenkranichhenne reckt ihren Hals.
Sie steht vollkommen still.
Sie blickt in die ferne Zukunft Ugandas.
Jenseits des drohenden Blutvergießens, das sich noch nicht
angekündigt hat.
Jenseits der KI-generierten Militärtaktiken.
Jenseits des morgigen brutalen Gemetzels an unschuldigen
Demonstranten.
Jenseits der verrotteten, überquellenden Blutbäder.
Die Haubenkranichhenne reckt ihren Hals.
Sie schärft den Blick auf das hinaus, was kommen wird.
Jenseits der ungepflegten Gärten im Hinterhof,
Die überwuchert sind mit überreifem Obst, Gemüse und Getreide,
Durchsetzt mit reifem, saftigem Unkraut.
Jenseits der geplünderten Häuser, deren starke Holztüren einen Spalt
offenstehn.
Und der zerbrochenen Fenster mit zersplittertem teurem Glas.
Die Haubenkranichhenne biegt ihren elastischen Hals.
Schwer gebeugt durch kommende Verschwendung und Verödung.
Sie schickt den Blick prophetisch auf die Suche nach Heilung.
Vorbei an verwaisten Teenagern in überfüllten Unterkünften.
Ihre verstümmelten Mütter sind längst verscharrt in Massengräbern.
Ihre verschwundenen Väter, ein ferner, routinemäßiger Schmerz.
Ihre zerbombten Häuser werden zu besetzten, geschäftigen Fabriken.
Jenseits der dicken Ölleitungen und riesigen, fest verankerten
Ölfässern
Auf Ländereien, in denen einst heilige Familiengräber lagen,
Wo man einst ehrte die Vorfahren mit Gesang, Essen und Gebräu.

Die Haubenkranichhenne sieht den Beginn des kommenden Endes.
Ihre gut geschulten Augen lesen die Zukunft als Geschichte in Bibliotheken.
Jenseits der Fußnoten, die den Namen des alten Diktators von heute tragen.
Jenseits der in Handschellen gefesselten Knochen des alten Diktators.
Jenseits des nicht markierten Grabs des alten Diktators auf einem Friedhof im Exil.
Jenseits der früheren Namen der Siege des alten Diktators als Straßennamen.
Die Haubenkranichhenne fliegt voll Hoffnung zu einer Wasserstelle.

Stella Nyanzi, geboren 1974 in Jinja, Uganda, ist Genderforscherin, medizinische Anthropologin, Feministin und Politaktivistin. Sie wurde an der London School of Hygiene and Tropical Medicine promoviert. Derzeit ist sie Stipendiatin des Writers-in Exile-Programms des PEN Deutschland in München sowie Fellow des Center of Ethics and Writing des Bard College/Artists-at-Risk-Connection des PEN Amerika. In ihrem Heimatland wurde sie zweimal in einem Hochsicherheitsgefängnis inhaftiert, weil sie in ihren Gedichten das ugandische Präsidentenpaar beleidigt haben soll, das seit 30 Jahren an der Macht ist. Ihr erster Gedichtband *No Roses from My Mouth: Poems from Prison* wurde 2020 mit dem Oxfam Novib/PEN Award für Meinungsfreiheit ausgezeichnet.

Matthias Göritz ist Lyriker, Übersetzer und Romancier. Ist Weltreisender, Kurator (u. a. Frankfurter Buchmesse) und hält Vorlesungen zur Komparatistik an der Washington University in St. Louis. Sein Werk wurde vielfach ausgezeichnet, u. a. mit dem Mara Cassens Preis, dem Robert Gernhardt Preis, dem William Gass Prize und dem International Pretnar Award. Er hat vier Gedichtbände veröffentlicht (*Loops*, *Pools*, *Tools*, und *Spools*), vier Romane, darunter *Der kurze Traum des Jakob Voss* (2005), *Parker* (2018) und *Die Sprache der Sonne* (2023) sowie noch drei Bücher mit Novellen, begleitet von Arbeiten internationaler Künstler.

Abkürzungen

CIC	Commander in Chief
CMI	Chief of Military Intelligence
GM	Genetically Modified
GSM	Global System for Mobile Communication
ICC	International Criminal Court
MISR	Makerere Institute of Social Research
SIU	Special Investigations Unit

Liste der Gedichte